AF599974

El alcaudón que habló con un juez y seis fantasías más

TOÑO J. ROI

Aliarediciones

Corrección: Inés González Calo
Diseño de cubierta: Laura S.Ayuso
Maquetación: Aliar Ediciones

Depósito Legal: GR 11-2024
ISBN: 978-84-10155-26-8

Impreso en España

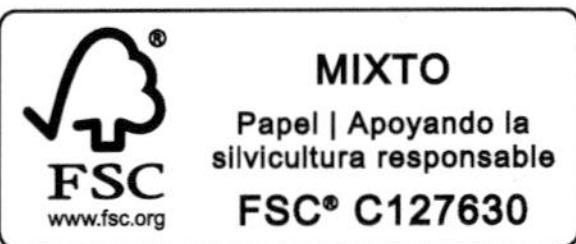

Edita
ALIAR Ediciones
www.aliarediciones.es
info@aliarediciones.es

El alcaudón que habló con un juez y seis fantasías más

TOÑO J. ROI

Intriga circular

Eran las doce de la noche y Francisco entró en su casa, pasó al cuarto de baño y vació su cuerpo de la ingestión líquida nocturna. Él no solía darse grandes alegrías etílicas pero, de vez en cuando, cometía pequeños excesos porque el regocijo de estar con los amigos le producía algunos errores de cálculo con la bebida. Sin embargo, al margen de cierta presión en la vejiga, nuestro amigo no padecía ningún otro tipo de síntoma negativo.

Después de salir del cuarto de baño, se sentó ante la televisión y la encendió. No tenía sueño. Aún se sentía animado por la jubilosa y reciente farra aunque experimentaba, al mismo tiempo, una vaga sensación de frustración por haber regresado a casa tan pronto. Francisco tenía a menudo un presentimiento de peligro cuando un momento feliz se prolongaba en exceso. Esta noche, el temor a una juerga depauperada le había hecho cortar por lo sano y regresar al hogar.

Francisco tenía treinta y dos años, estaba casado y era padre de una niña, pero nunca pudo pensar que, precisamente, estos hechos le causasen una insatisfacción tan profunda como la que sentía. Cuando miraba a Sonia, su mujer, el tedio le invadía y era incapaz de rememorar las sensaciones de las que disfrutaba unos años antes cuando empezó a enamorarse de ella. No podía revivir, ni siquiera de forma nostálgica, el amor que en su día sintió por su mujer. Él observaba a su hija y le invadía un gran hastío. Le aterraba su falta de sentimiento paternal hacia su pequeña. Estaba infringiendo una norma intemporal y eterna según la cual los padres deben querer a sus hijos de manera incondicional. Esta infracción le hacía sentir un horrible e intenso peso en su conciencia. Pero esto no le llevaba a querer a su hija; la mala conciencia solo le daba quebraderos de cabeza sin que redundase en nada positivo. Al mirar a la niña tan solo podía ver un remedo en miniatura de la madre. Le hubiese gustado que ese ser no fuera sangre de su sangre, pero sí lo era. Ahora comprendía a los padres que negaban la evidente paternidad de sus hijos. Reconocer su paternidad les supondría estar eternamente atados, aunque fuese de una manera indirecta, a la madre. La idea de permanecer ligado indefinidamente a Sonia por un accidente de la naturaleza le ponía frenético. Si él hubiera tenido alguna duda acerca de la fidelidad de Sonia, se habría divorciado y hubiese renegado de su hija.

Francisco tampoco estaba demasiado contento con su trabajo. Era un empleo repetitivo y rutinario. Trabajaba en un banco en el que se dedicaba a labores administrativas y, ocasionalmente, tomaba alguna decisión directiva de poca importancia. Él ocupaba el puesto de subdirector en una pequeña sucursal bancaria de cinco trabajadores. No llevaba mala carrera y su sueldo no era bajo, pero sentía una insatisfacción evidente. Por lo menos, en este diminuto centro de trabajo estaba a salvo de las inquinas conspiratorias de la sucursal inmensa en la que había trabajado con anterioridad. Allí había que prestar muchísima atención a los correveidiles, a las trampas y a los comentarios malintencionados. También debía tener cuidado a la hora de justificar la falta de ascensos. Por un lado, tenía que dejar claro que él no era ningún inútil y por otro, no podía ensañarse en el hecho de que al jefe le gustaban los pelotas porque el señor director terminaba por enterarse de todo. En resumen, allí existía una tensión mucho mayor de la que él podía soportar. Afortunadamente, el ascenso llegó y con él, un traslado al extrarradio de Madrid que, en un principio, resultó relajante y positivo. Al cabo del tiempo volvió a desanimarse y empezó a hundirse en la tranquilidad de la sucursalita. Francisco se dejaba llevar por un pesar que carecía de motivación concreta. Sencillamente, su vida no le gustaba.

Su desilusión le causaba extrañeza hasta a él mismo puesto que sus circunstancias objetivas no eran demasiado malas y nunca había tenido ambiciones desproporcionadas. Con la modestia en sus objetivos vitales, Francisco creyó vacunarse contra la desilusión, pero este planteamiento falló. Él solo aspiraba a vivir con sosiego y soñaba con una mujer, un salario medio y algún hijo. Ahora que disfrutaba de todo eso, incluso de algo más porque su sueldo no era nada desdeñable, cada vez se sentía peor. La pequeñez de los sueños no garantiza su cumplimiento.

Lo peor de todo era que en su relación con Sonia no había base sobre la que edificar un matrimonio fundamentado en sentimientos sólidos como el cariño o la amistad. Él pensaba que para transformar el amor en cariño debía, por lo menos, comprender cómo había podido enamorarse alguna vez de Sonia y esto le resultaba imposible pues de su amor no quedaba ni el recuerdo.

El único sentimiento bueno que sentía por Sonia era una ligera ternura causada por los intentos de ella por aparentar que nada pasaba y que todo funcionaba bien. Esos momentos se pasaban pronto y su mezcla de indiferencia y rechazo hacia ella volvía a aparecer.

A Francisco le parecía que la felicidad consistía en no tener que justificarse ante los demás. En el Instituto y en la Universidad, con sus notas, debía justificar su inteligencia y capacidad de trabajo. Cuando unos años atrás jugaba al voleibol tenía que demostrar que era bueno. Mas adelante, cuando se enamoró de Sonia, se vio en la necesidad de demostrarle a ella que su chico era de lo mejorcito del mundo y ya *talludito*, tuvo que esforzarse para explicar a los otros las razones por las que no le ascendían en su trabajo. Solo se sentía libre de esa necesidad de justificarse cuando estaba con sus viejos amigos. Con ellos, la única preocupación consistía en alargar los buenos momentos todo lo que fuera posible.

Francisco era divertido pero, con sus amigos, sabía que podía dejar de serlo sin que el buen ambiente se resintiera. No necesitaba fingir. Como sus amistades eran verdaderas, él podía estar callado durante varios minutos sin que nadie lo notase. Se producía una críptica descodificación del espíritu de las personas y no se atendía en exceso a las palabras. En estas situaciones, cuando un miembro del grupo se sentía triste o melancólico, era descubierto por los demás. Por mucho que sus palabras y actitudes intentasen desmentir su estado de ánimo, este se hacía patente. Por esta misma razón, Francisco podía permanecer en silencio puesto que todos sabían que se sentía a gusto e integrado en el momento que estaban viviendo. Era una gran suerte tener tan buenos amigos. Con ellos había estado la noche que nos ocupa. Sin embargo, la diversión se había acabado, y él encendió la televisión.

Su esposa le dejaba escaparse una vez al mes con sus amigos «de toda la vida». Se conocían desde el instituto. Sonia no les acompañaba porque se sentía fuera de lugar con ellos. El grupo de amigos se componía de seis personas. Arturo y Marina formaban pareja y Francisco siempre envidió su fortuna porque parecían haber perpetuado el primer amor. Los demás miembros de estas reuniones eran, además de Francisco, Luis Pepe y Amelia. Luis estaba en trámites de divorcio y Pepe y Amelia tenían cada uno de ellos su respectiva pareja. Sin embargo, a los novios de Pepe y Amelia tampoco les gustaba ir a esos conciliábulos en los que no pintaban nada. Los cónyuges o novios no soportan bien que sus amados tengan una vida afectiva pasada. Algunos se enfurecen absurdamente por haber llegado tarde a la vida de la persona con la que se unen. Les saca de quicio no ser eternos con efectos retroactivos y por esta razón, les molestaban estas reuniones de viejos «colegas» de sus amados.

Francisco cada vez se sentía mejor el sábado mensual en el que se liberaba del yugo familiar. En la tele no había nada interesante y puso una película de video. Calculó que solo podía ver la mitad de la película (una hora escasa) porque, al día siguiente, Sonia se levantaría pronto y le despertaría «sin querer». Sin embargo, la película no era demasiado buena y las ganas de dormir llegaron antes de lo previsto; paró el video y apagó el televisor.

El agradable sopor que empezaba a adueñarse de Francisco se interrumpió de pronto. Sintió un ensordecedor zumbido en el pecho. Se asustó muchísimo y se le congeló la voluntad. Era un enorme abejorro de unos treinta centímetros, peludo y asqueroso. Tras unos segundos de sorpresa e inactividad, lo apartó con la mano, y el bicho voló hasta el techo donde se posó. Inmediatamente, Francisco salió al pasillo y fue a la cocina. Debajo de la pila había dos insecticidas: uno de tipo ordinario que estaba lleno y otro semivacío especial anticucarachas. Cogió éste último porque le parecía más eficaz e intenso y con mucho cuidado, abrió la puerta del salón. Vio que el abejorro estaba en el techo, en el mismo sitio. Apretó con rabia el insecticida durante cinco larguísimos segundos, el insecto despegó del techo y dio tres o cuatro vueltas en el aire. Luego, se golpeó contra el cristal que daba a la terraza. El insecto intentaba escapar. Tras unas dudas, el bicho volvió a posarse, esta vez en una pared. Francisco estaba muy alterado, cogió un jarrón y lo estrelló contra el animal que cayó al suelo junto con numerosos pedazos de cerámica. El abejorro estaba renqueante pero vivo, así que Francisco volvió a apretar el insecticida. Como este veneno era insuficiente, cogió el bote de insecticida y apretó su base contra la cabeza del animal. Por fin, Francisco consiguió que su enemigo muriese. No obstante, se sentía muy avergonzado porque había matado a un ser sin que este hubiese intentado atacarle. Tenía la absurda sensación de haber asesinado a algo más importante que un animal. Por otro lado, pensaba que había sido cobarde al tener tanto pánico por un simple insecto. Este último pensamiento le hizo volver a mirar el cuerpo del abejorro. Acercó su cara y le pareció tan repugnante que, aun sin la existencia de un ataque, se convenció de que su reacción había sido bastante lógica y normal. La sangre del animal desprendía un olor extraño y muy intenso. Al olerla, a Francisco le entraron unas enormes ganas de dormir. Pero antes de dormir, fue a la cocina a tomar un vaso de agua porque tenía la boca muy reseca. Sin embargo, antes de llegar a coger el vaso, cayó fulminado al suelo pues el sueño le había vencido. Durmió profundamente. Tuvo unos sueños terribles en los que aparecían enormes insectos, inmensos abejorros con aguijones gigantescos. Todos ellos tenían caras de personas odiadas y, extrañamente, de personas queridas pero ningún insecto presentaba el rostro de gente desconocida por Francisco. Uno de ellos tenía la cara de su amiga Marina. La personalidad y forma de ser de ella le tranquilizaban y le producían un efecto sedante en sus nervios. Físicamente, su amiga le parecía una persona atractiva pero nunca sintió por ella un apetito carnal intenso ni, a pesar de intentarlo, consiguió enamorarse de ella. Era una sensación extraña. Se sentía a gusto con ella, la quería y era deseable pero la chispa nunca saltó, aunque Francisco hizo numerosos ejercicios de autoconvencimiento, antes de que ella y Arturo se enamorasen, a los que se entregó con gran dedicación. En ocasiones, le parecía que Marina era más falsa que la tarde de un domingo (en apariencia apacible pero anunciadora y guardiana del lunes). El último día de la semana se caracteriza (en ciertas épocas de la vida de una persona) porque deja un pequeño dolor de cabeza proveniente de la tentativa de borrachera del día anterior o del exceso de ocio. No obstante, la pereza, el dolor de cabeza y la previsión del lunes, hacen pensar que la realidad no es la tranquilidad dominical. De la misma manera, Marina provocaba inquietud ocasional en nuestro protagonista. Su bondad indisimulada y su cuerpo casi indecente le hacían pensar que escondía algo malo. Ella no era una persona hipócrita pero Francisco tenía miedo de que tanta perfección pudiera atraer alguna decepción o desastre. El problema no era Marina sino que, al contrario, residía en la mente de nuestro protagonista cuya forma de ser le impedía disfrutar con plenitud de la felicidad.

Él pensaba que no se había enamorado nunca, carencia de la que culpaba a Marina y a Sonia aunque no sabía muy bien el porqué.

Quizá, esto que acabamos de contar pueda explicar en parte el posterior desarrollo del sueño pues, en el mismo, un abejorro se le acercó insinuante a Francisco y en unos pocos segundos adquirió la cara y el cuerpo de Marina. En los sueños se pueden resolver las paradojas y contradicciones de la vida. En la realidad, en cambio, es difícil sentir pasión por la persona que más te conviene. Para complicar más la cuestión, en muchas ocasiones, la persona afectada se da cuenta e intenta sentir un amor racionalizado pero inútil. Hace esfuerzos por seducir a la otra parte y todo suele terminar, en el mejor de los casos, en un pequeño desastre. Sin embargo, en una relación onírica, la perfección era posible. Francisco alternó pesadillas con fantasías agradables pero, invariablemente, siempre estaban presentes los enormes abejorros.

Cuando despertó, se sintió muy relajado pero algo dolorido. Había estado durmiendo en la cocina y el suelo era frío y duro. Sin saber por qué, tuvo una enorme sed y bebió, en ayunas, tres vasos de agua. Luego, cogió una taza para tomar unos cereales y desayunar de manera ligera. Después, tenía pensado ir a por el periódico y el pan. La calle estaba anormalmente silenciosa, incluso tratándose de un domingo.

De pronto, un sudor frío le invadió, Sonia y la niña no se habían despertado con todo el estrépito de la noche anterior y corrió hasta el dormitorio para comprobar si estaban bien. Sus temores se confirmaron, los cuerpos de su mujer e hija estaban en el suelo de la habitación, muertos y semidesnudos. Su piel presentaba múltiples granos sonrosados y por sus bocas caían sendos hilillos de sangre que daban a los cadáveres un aspecto bastante siniestro. Francisco miró a la ventana y vio que, por la parte de fuera, escalaba por el cristal un abejorro como el de la noche anterior. Observó otra vez su asqueroso abdomen y se echó a llorar. Se sintió muy solo. Desde que, la noche anterior había dejado a sus amigos, los únicos seres vivos que había visto eran los abejorros. Miró por última vez a los cadáveres y se dio cuenta de que estaban levemente hinchados, como si les hubieran metido una moderada cantidad de aire con una bomba.

Francisco apartó la vista, fue al salón, se sentó en el sofá y cerró los ojos. Hizo un recuento de asuntos pendientes y de conversaciones que le hubiese gustado tener con su mujer. Ahora le parecía posible haber mejorado su convivencia marital. Si se hubiera decidido a tener una conversación sincera y profunda con ella todo habría sido mejor. Incluso un divorcio civilizado podría haber sido una buena solución. Creyó que debía haber conversado con ella acerca de esta cuestión y se sintió vacío porque ya no podría hacerlo. Pensó que su actitud de esconder la cabeza como el avestruz había sido infantil y cobarde. Evocaba el nacimiento de su hija y sintió un dolor tremendo por no haberla querido lo suficiente; ahora él sintió que había muerto una parte de sí mismo. De repente, le vinieron a la cabeza memorias de todos los motivos por los que se había enamorado de Sonia y había enterrado en su subconsciente.

En unos pocos segundos, su mente se llenó de manera sorprendente de recuerdos y sentimientos que creía olvidados. Pensó en sus padres, en su hermano Ignacio y, con rapidez, toda su vida se amontonó en su cerebro. Curiosamente esta acumulación de sensaciones hizo que su existencia le pareciera interesante. Esto le extrañó mucho a Francisco porque siempre se había considerado el protagonista de una peripecia vital rutinaria y aburrida. El impacto de ver muertas a su hija y a su mujer le hizo valorar la vida más de lo habitual, incluso más de lo lógico. Luego pensó en que ya no tendría ni tiempo ni la posibilidad de enamorarse de Marina ¿o quizá sí? Era posible que Arturo estuviera muerto y Marina no. Nada más pensar esto se sintió enormemente ruin. ¿Qué habría pasado con sus amigos?

Bruscamente abrió los ojos, se levantó del sofá y encendió el televisor con la esperanza de ver el mismo programa de siempre. No pudo ver nada. La pantalla no cambió de color. Presentaba el mismo aspecto que cuando estaba apagada. El único signo que indicaba que el televisor estaba en funcionamiento era un extraño zumbido que Francisco no había oído nunca. Se asustó y apagó la televisión de golpe. Intentó calmar sus nervios y abrió un cajón de una cómoda, que estaba en el salón, cogió unos tranquilizantes, se tomó dos y corrió a la cocina para beber un vaso de agua y no atragantarse. Volvió al salón y se sentó en el sofá. Reflexionó; esperaría tres o cuatro minutos y llamaría a la policía. No podía hablar con ellos con el grado de excitación que tenía en ese momento. El silencio de la ciudad era sospechoso pero los abejorros no podían haber matado a todo el mundo, pensó Francisco. La policía respondería a sus preguntas.

Francisco no pudo satisfacer su curiosidad. El salón tenía una rendija, en una de sus esquinas superiores, por la que entraron cientos de abejorros. La rendija no era muy ancha y sólo podían entrar de uno en uno y a lo sumo, de dos en dos. Así que debían de llevar horas introduciéndose de esa manera en la casa. Cuando los abejorros pensaron que ya eran suficientes, se abalanzaron sobre Francisco. Mientras este intentaba quitarse los bichos, vio la rendija pero no recordaba su existencia. Las condiciones del techo y paredes siempre habían sido perfectas. Su estado de ánimo extremo le impidió percatarse de los numerosísimos insectos que había en su casa. Los abejorros le picaron todos a la vez y cayó desmayado. Su desmayo se debió más al dolor que al veneno somnífero que le fue inyectado puesto que dicho veneno hubiese tardado algunos minutos en hacer su efecto.

Los abejorros se quedaron en el suelo dando vueltas alrededor del ser humano que parecía ser su ídolo. Algunos de ellos andaban de manera renqueante y desesperanzada pues habían perdido su aguijón y morirían a los pocos minutos. Al cabo de media hora de baile circular, los abejorros formaron una enorme pelota negra y compacta. A continuación, la pelota se elevó y golpeó la ventana del salón rompiéndola casi del todo. Una vez cumplida su labor, los abejorros que sobrevivieron se abalanzaron sobre el cuerpo de Francisco y lo sacaron en volandas por la ventana.

Lo llevaron por el aire hacia un objetivo que los abejorros tenían claro. A ese objetivo iban guiados por un estado intermedio entre el instinto y la inteligencia.

Durante el trayecto, Francisco soñaba con un inmenso abejorro mucho más grande que los demás, un abejorro del tamaño de un caballo que le miraba con cariño y arrobo. Los demás insectos le decían: «Te tienes que casar con ella; es la Reina. Es un honor para ti».

Francisco despertó repentinamente, estaba en un descampado. La noche era cerrada. La excesiva oscuridad le dio la efímera esperanza de que todo había sido un mal sueño, una pesadilla irritantemente larga y real; una pesadilla pegajosa de la que era difícil desprenderse pero una pesadilla al fin y al cabo. No obstante, ese optimismo solo duró unos segundos, lo que tardó la mente de Francisco en adaptarse a la situación de vigilia. Entonces aceptó que estaba en un descampado, a la intemperie e indefenso. Era evidente que estaba despierto. Pero... ¿Los abejorros eran reales? Si los abejorros eran parte de un sueño, entonces no entendía como había llegado a un sitio tan apartado. Además, era de noche y él recordaba haber despertado y visto la luz del día. Si, por el contrario, los insectos eran reales podían aparecer de un momento a otro. Empero la existencia real de los abejorros tampoco explicaba su presencia en ese sitio, creía él. No obstante, las dudas que se enredaban en la mente de Francisco no tardarían en disiparse. La retina de Francisco tuvo que acostumbrarse a la ausencia de luz, pero ya podía distinguir, ayudado por el reflejo de la luna, algunas formas que le rodeaban: tres grandes montañas de escombros y algo que se movía.

Se acercó muy despacio y con mucho miedo al objeto que se movía. La distancia era de veinte metros pero a Francisco le pareció una distancia insalvable. Cada paso que daba era la consecuencia de una decisión angustiosa. El sonido de su calzado en la tierra le parecía una imprudencia estruendosa e innecesaria que no debía cometer. Ya estaba cerca y pudo ver con claridad aquello con lo que había soñado. Este gran abejorro le miró y le hizo una irónica mueca que podía ser interpretada como una sonrisa. Esta actitud amistosa de la Reina le hizo sentir a Francisco un agradable escalofrío que terminó en una risa estentórea y nerviosa.

La Reina comenzó a gustarle y Francisco empezó a sentir cierta atracción física y sensual por ella. Se acercó más al insecto y la atracción se hacía más intensa a medida que la distancia disminuía. Era el mismo tipo de sensación que sintió por la versión insectoide de Marina en el sueño de la noche anterior. Esta vez, no aparecieron en la cara del animal rasgos humanos. No hacía falta, a Francisco le daba repugnancia su propia naturaleza humana. Quería ser como ella, como la Reina.

Ahora bien, la excitación de Francisco se encontró ante un obstáculo infranqueable: el cuerpo de la Reina no presentaba orificio alguno. El humano estaba tremendamente desconcertado porque no podía concretar su libidinoso estado de ánimo. Por el contrario, la Reina sí sabía lo que hacer. Sacó lentamente su aguijón, un aguijón largo, hermoso, fuerte, brillante y afilado. Francisco comprendió que se encontraba ante una hembra muy especial. La Reina miró hipnóticamente a Francisco quien se dio la vuelta para facilitar la labor. La desproporción de los órganos hizo que a Francisco le doliera mucho este tipo especial de penetración. El desgarro y la ruptura de parte de su cuerpo casi le llevan a perder el conocimiento. Pero justo en el momento en que iba a desvanecerse, entro en un estado de éxtasis tranquilo, un inmenso placer reposado que terminó antes de lo previsto porque, a medida que el aguijón avanzaba por el cuerpo de Francisco, el placer se hacía más violento.

Ahora Francisco se retorcía de dolor pues sus entrañas estaban rotas. Al fin, dejo de gritar y expiró. Su cuerpo estaba destrozado; parecía un pincho moruno y el aguijón le salía por la nuca. La Reina intento retirar el aguijón pero no pudo. El inerte cadáver estaba tan perfectamente perforado que el aguijón quedó atrapado en él. La Reina aleteó de desesperación porque sabía que sin aguijón se extinguiría su vida. El aleteo era audible para un ser humano en un kilómetro a la redonda pero los abejorros de su especie podían percibirlo a cientos de kilómetros y acudieron para comprobar qué le ocurría a su líder y Madre. Cuando llegaron, ella estaba a punto de fallecer. Al ver a cientos de componentes de su numerosa prole allí reunidos, la Reina pensó que ya no tenía sentido seguir luchando y se dejó llevar por la muerte. Los demás abejorros, tristes y estupefactos se clavaron los aguijones unos a otros en un extravagante holocausto. Al poco tiempo murieron todos.

En el lugar donde debía estar el cuerpo del difunto Francisco, surgió un enorme abejorrón del mismo tamaño que la anterior Reina, con toda su pompa y solemnidad pero dotada de gran dinamismo y mucha vitalidad. Miró a su alrededor. Vio la penosa situación de sus congéneres y puso innumerables huevos. Esta labor le llevó un par de horas. Posteriormente, descansó y después de cuatro o cinco vuelos de cien metros, se sintió con los conocimientos y las fuerzas suficientes para emprender el vuelo definitivo. Sus hijos salieron del cascarón, esperaron que su Reina emprendiera el vuelo y la siguieron. Todos se elevaron a la vez e iniciaron un viaje que terminaría en una selva recóndita del África tropical.

Desde el aire, la Reina pudo divisar la ciudad, incluso la casa en la que transcurrió su reciente vida humana. Las luces de neón de la ciudad se empequeñecían a medida que ascendía de altura. La nostalgia por su vida como hombre desapareció por completo. Ahora, la iluminación que necesitaba provenía de las estrellas cuya configuración determinaba la dirección y sentido de su vuelo. Debería conducir su enjambre al lugar adecuado. El viaje sería largo, duraría unos cuantos días. Cuando el horizonte enrojeciera, tendrían que esconderse durante todo el día en un bosque apartado en espera de que llegase la noche siguiente. Así pasarían un día tras otro, una noche tras otra hasta que llegasen a su escondite definitivo.

A la Reina le gustaba su nuevo estado. Ahora se sentía poderosa cada vez que oía su zumbido o hacia una acrobacia. Ningún ser vivo podía atacarla. Tan solo algún león en la sabana podía inquietarla, pero el asunto se solventaría con un pequeño vuelo y el felino se quedaría en tierra mirando con asombro y rabia.

La Reina había dejado atrás la incertidumbre de ser una persona. En el futuro tendría muy fácil tomar decisiones porque le venían dictadas desde fuera de su cuerpo e, incluso, fuera de su mundo. Su destino estaba claro: ir a una selva en el África tropical cuya localización, increíblemente, conocía a la perfección y durante cientos de años, vivir plácidamente con sus descendientes hasta que llegara el momento de elegir a la nueva Reina. El sistema sería el mismo: sembrar de muertos un barrio o una ciudad entera y secuestrar al Elegido. La Reina tenía muy claro que su sucesora sería un descendiente de Marina. Alguien de su estirpe, independientemente de su sexo, se convertiría en Reina pues ella había sobrevivido al ataque y la Reina tenía una certeza total e infusa al respecto. La Reina disfrutaba de su nuevo estado y aun conociendo las dificultades de permanecer ocultos tantos años, la seguridad en la infalibilidad de las órdenes recibidas era casi absoluta. Un ser superior la guiaba y esto le provocaba un optimismo grandioso que nunca tuvo en su vida anterior. No le preocupaba el tedio de vivir miles de años repitiendo los mismos actos porque disfrutaba de los placeres sensuales con tanta plenitud que no podía caer en la rutina. Sentir el aire al volar, tener una gran potencia sexual, estar dotada de un oído fuera de lo normal, gozar de una visión distinta pero de gran amplitud, eran unas dichas solo comparables a las de poseer una claridad total en sus objetivos vitales. Todo esto le hacía sentirse muy satisfecha con este óbolo del destino en forma de metamorfosis.

La Reina estaba contenta por ser la elegida para protagonizar un ciclo vital más extenso, pero igual de absurdo que el ciclo humano. Sin embargo, ella creía ser un ente muy especial. Lo mismo que piensan los humanos de sí mismos.

La escritura

Siempre le parecieron aburridas, estereotipadas y llenas de lugares comunes aquellas batallitas en las que los actores presumen de sus juergas, cogorzas y alardes amorosos. Quizá por esto, aun perteneciendo a este sector profesional, él siempre fue fiel a su mujer durante los veintiún años de matrimonio. Además, invirtió bien su dinero y nunca dejó de pagar un plazo de la hipoteca ni de los sucesivos coches, cada vez mejores, que se iba comprando. Tampoco era consciente de haberse emborrachado nunca, cosa normal si no fuera porque, en su caso, esta circunstancia respondía a la sobria verdad.

Llegó el notario. No tenía el típico aspecto serio y formal de los integrantes del gremio. Su vida estuvo muy lejos de la sobriedad erótica y la parquedad de sustancias estimulantes típica de los opositores. Él nunca había sido un estudiante excepcional, pero sí bueno. En todo caso, estudió y padeció las durísimas oposiciones sin esperanzas. No quería desencantar a su familia así que se esforzó, se sacrificó más de lo razonable y tuvo suerte con las preguntas de los ejercicios. Las influencias paternas hicieron el resto, que no era mucho.

El notario odiaba la seriedad impostada que debía adoptar a causa de su profesión. También odiaba no engañar a nadie con tanta simulación. Por suerte, quedaron atrás las tópicas conversaciones de padres y madres compitiendo por tener al hijo más competente, serio y estudioso. Pero su oficio tenía una excelente característica: gracias al dinero de su trabajo podía llevar exactamente la vida que quería.

El artista cinematográfico, su ya exmujer, los compradores y el fedatario firmaron los documentos de la compraventa del antiguo hogar conyugal. El matrimonio acababa de recibir su puntilla. El notario miró al artístico intérprete a los ojos y ambos sintieron un punzante estremecimiento.

El actor esperó al notario a la salida. Los dos se abrazaron discretamente y marcharon al cine a ver una película de amor.

Retrato permanente

Salió del aula con paso firme pero con el ánimo totalmente debilitado por la traición. No había tenido más remedio que interrumpir la clase y ausentarse tras pedir perdón a los alumnos. Ciertamente, la petición fue de mera cortesía puesto que a los chicos no les ofendió en absoluto la repentina salida de Teresa. Luego, entró en el minúsculo cuarto de baño de profesores y comenzó a llorar delante del espejo. Tener delante su propia imagen la relajaba pues necesitaba sentir que su existencia era cierta.

Las sienes le latían de forma desmesurada y dolorosa.

Ella siempre se había adaptado a cualquier circunstancia. Por tanto, nunca le importó plegarse a las condiciones de Jorge ya que no le costaba ningún esfuerzo hacerlo. Lo peor de todo era que Jorge no sólo no valoraba esta actitud sino que la despreciaba. La flexibilidad de Teresa había resultado ser tan inútil como la de una cucharilla vieja que se dobla y doblega sin ganar eficacia alguna. Esta forma de ser, de la que ella estaba tan orgullosa, ahora no le acarreaba más que inconvenientes. Cada vez estaba más convencida que la culpable era ella pues jamás había sabido enfrentarse a un problema de manera clara y frontal.

Poco a poco consiguió controlar su llanto y frenar sus lágrimas. Se rehízo y, con ánimo parcialmente renovado, volvió a la clase donde continuó con las pertinentes explicaciones gramaticales.

Su forma de andar resultaba engañosa porque gracias a su zancada larga y a unas piernas bonitas y ligeramente musculosas, Teresa aparentaba ser una persona más resuelta y decidida de lo que en realidad era. Dichas extremidades inferiores provocaban, además del descrito, otro efecto: distraían a los alumnos quienes, aburridos por la asignatura, buscaban otros objetivos sobre los que fijar su atención.

La mayoría de los chavales habían cumplido ya dieciséis años y sus hormonas se disparaban a la vez que su insensatez. En esta ocasión, por una vez, Teresa prefirió que los chicos mirasen sus piernas en vez de su cara pues, de forma ostensible, su gesto facial denotaba claramente un gran cansancio y una enorme apatía.

Llevaba tantos años explicando las mismas cosas, que podía controlar las inflexiones de voz para que, de este modo, su auditorio creyera que sentía un gran interés por la sintaxis inglesa. Sin embargo, su rostro sin color y sus ojos aún congestionados delataban que no se encontraba bien. Los escasos minutos que quedaban de clase fueron duros, pero tuvieron su fin antes de que Teresa se viniera abajo. Gracias a Dios, a Teresa le habían concedido la tutoría de una clase y podía contar con un despacho propio (eso sí, no muy amplio) en el que refugiarse.

Una vez terminada la clase, los profesores y alumnos disponían de una hora libre para comer y descansar. Afortunadamente, el bajón moral le había llegado en el momento oportuno, cuando la clase se agotaba. Ahora ya se podía relajar, recrearse en los malos pensamientos y esconderse en su despacho después de cerrarlo con llave.

Desgraciadamente, su tranquilidad no duró mucho pues el silencio se vio alterado por alguien que llamó a la puerta.

Se levantó de la silla, respiró hondo e intentó convencerse inútilmente de que el aire inhalado refrescaba su espíritu. Entró en situación y abrió la puerta. Eran dos alumnos suyos, Álvaro Ruiz y Lucía Prados, quienes llamaban a la puerta. Casi se había olvidado de ellos, Lucía estaba enferma el día en que entregó los exámenes corregidos y el pobre Álvaro se había quedado boquiabierto porque su examen no había llegado a sus manos, debía de habérselo tragado la tierra. La causante de todo era Teresa quien lo extravió en su casa debido a su mala cabeza. Al día siguiente la profesora lo encontró y les comentó a ambos que fueran al despacho al terminar la clase.

—Sentaos y ya os enseñaré los exámenes —dijo Teresa.

Fue por los exámenes y mientras los buscaba vio cómo, muy sonriente, Lucía hablaba con Álvaro no se sabe muy bien de qué. Esto la llevó a comparar sus dieciséis años con los de Lucía. Lo cierto es que la alumna salía ganando.

Lucía era muy guapa y elegante. El color de su pelo era de un rubio cenizo que en otra persona resultaría anodino pero que en ella era bonito y elegante. Tenía un noviete un año mayor que ella y bastante atractivo. Pues bien, a pesar de estas circunstancias, nunca había notado ningún gesto de superioridad o de desprecio hacia los muchachos de su edad o más jóvenes. Lucía aceptaba todas las bromas siempre que fueran de buen grado y hablaba y hablaba (quizá demasiado) con cualquiera que se pusiera cerca de ella, sin importarle que esta persona fuese, por ejemplo, un chavalín bajito y atolondrado. Debido a esta accesibilidad, Teresa le tenía mucho cariño a esta adolescente.

Lucía no se parecía en nada a la tonta de Julia Yeste. Esta era una rubia explosiva y engreída que, sin ser tan atractiva como Lucía, sí que causaba más admiración y era mucho más selectiva con sus amistades y conversaciones. Sus amigos eran todos de uno o dos cursos posteriores al suyo. Sin embargo, no tenía ningún novio más o menos serio. Eso de entregarse a otra persona no entraba en su mentalidad. Siempre estaba en la clase con un gesto de fastidio porque la cronología le había obligado a estar con unos idiotas a quienes, fatalmente, tenía que soportar como compañeros de estudios. Cuando alguien de su clase hacia una broma o intentaba jugar con el doble sentido, ella, con un gesto displicente, parecía dejar claro que una persona de su madurez y su talla intelectual estaba por encima de esas cosas. Entre esas reflexiones surgió la voz desinhibida y sarcástica de Lucía.

—Profe, ¿has encontrado los exámenes o necesitas ayuda?

—No, ya los tengo.

Álvaro Ruiz reía porque él no se hubiera atrevido a hacer un comentario con tanta resolución y desparpajo. Como la profesora sonrió ante el comentario de la joven, Álvaro se decidió a hablar:

—Con esos gritos de verdulera que pegas, no te extrañe que todos vayan detrás de Julia y no se acuerden de ti.

—Es que yo no puedo competir en ciertas cosas. No me compares con ella, Julia no podría salir volando. —Y se echó todo el pelo hacia atrás dejando a la vista dos orejas de soplillo que parecían ser de otra.

Los dos muchachos rieron.

—Pues no son para tanto. Te las tapas con ese pelo tan bonito que tienes y nadie se entera —adujo Teresa intentando dar un consejo en su papel de persona mayor y ecuánime.

—No, es que no hay solución. Cuando era pequeña y no me importaba tener estas orejas, me ponía coleta para estar más cómoda. Entonces todos lo saben.

—Bueno, conoceréis algún defecto de Julia, ¿no? —preguntó Teresa.

—Sí, que es tonta —contestaron los chavales al unísono a la vez que se reían.

Les dio los exámenes. Mientras leían, Teresa pensó que cuando ella tenía la edad de estos alumnos, su comportamiento era mucho más parecido al de Julia que al de Lucía. Tan altiva y antipática como Julia no había sido nunca, pero sí que, en ocasiones, había estado cerca de esa actitud.

Quizá si hubiera carecido, al menos en cierta medida, de ese orgullo adolescente e ignorante, no se hubiera fijado en los hombres un poco chulos como Jorge. Hacía falta tener una gran calidad humana, cualidad que durante mucho tiempo le faltó a Teresa, y unos principios muy sólidos para ser como Lucía: bella, responsable, natural (pues no se avergonzaba de los rasgos infantiles que aún poseía en su carácter) y buena persona.

Álvaro y Lucía revisaban sus exámenes sin excesivo afán porque eran estudiantes correctos. No leían con la intensidad avariciosa del empollón que quiere obtener un nueve en vez de un ocho con cinco pero, tampoco, con las ganas de sacar petróleo de quien ha sacado un cuatro y pico.

De vez en cuando y sin justificación aparente, Lucía apartaba la vista del examen y miraba con cierta incomodidad y desagrado una fotografía que estaba colgada en la pared. El colegio era privado y discreta pero firmemente católico e institucional. En serial de coherencia con estas ideas, los propietarios había dispuesto que en los despachos del director y de los jefes de estudio hubiese un retrato del Rey y una cruz. Como el despacho de Teresa había sido del anterior jefe de estudios, el retrato quedó allí, colgado de la pared e impasible. Después de una rápida lectura y de alguna mirada que otra por parte de la chica a Su Majestad, los alumnos se despidieron.

—Adiós.

—Adiós.

Teresa les acompañó hasta la puerta y cuando ya estaban fuera la cerró sin esperar ni un segundo. A continuación, se sentó en su silla y comenzó a llorar en silencio pero con mucha intensidad. No soportaba más el engaño. Ahora le acongojaba la sensación de que todo podía haber sido evitable. «A posteriori» parecía muy sencillo haber evitado ciertos rasgos de su antiguo carácter, pero el pasado ni existe ni tiene solución. Volvió a comparar a la Teresa de dieciséis años con la Lucía Prados actual y, aunque era ilógico, esta comparación no se le quitaba de la cabeza. Le atenazaba el corazón la idea de haber sido en el pasado como Julia: ingrata, egoísta y estúpida. Lógicamente, en su altivez, Teresa solo se podía haber fijado en un sujeto igualmente altivo y con aires de superioridad. Por culpa de este carácter sabihondo había perdido la oportunidad de enamorarse o, al menos, de relacionarse con gente como Álvaro Ruiz. Lo cierto es que unos veinte o veintiún años antes, había conocido a muchos chicos sencillos y buenos a quienes no les faltaban otras cualidades. Pero a ella todas estas características le parecían apreciables en un compañero de pupitre, de oficina o en un hermano, pero no en un amante. Solo así se explica que en el fondo de su alma se quedase y fijase en alguien como su todavía marido. Cuando Teresa se fijó en Jorge, ella tenía dieciséis años y el uno más. Aún tuvo que esperar nueve o diez meses para que él la tuviese en cuenta y le hiciera el honor de acompañarla. Ella se pavoneaba con un novio tan guapo y admirado por el género humano. Todo ello hizo que se creyera la más «guay». Teresa disimulaba su fortuna y su autosatisfacción con más discreción que Julia porque tenía mejor fondo, pero no podía dejar de presumir cuando su novio miraba a otra chica y esta se derretía («de esos vientos vienen estos lodos», pensó ella). Otra se pondría celosa, Teresa no. Su vanidad podía con el sentido común.

Conversaciones de su juventud y rostros de amigos y amigas ya olvidados (o no olvidados pero sí rejuvenecidos) saturaban su cabeza a punto de estallar. Todo ello se mezclaba desordenadamente y le generaba un gran caos mental. Recordaba los mejores momentos de su vida y en casi todos estaba Jorge. ¿Qué haría con sus recuerdos? ¿Romperlos parcialmente como las fotos de los divorciados u olvidarlos del todo? Cuanto más se aislaba en sus pensamientos, más creía en su fortaleza y en su capacidad de separarse del mundo. Pero, contrariando su convencimiento subjetivo, la realidad era tozuda y su tristeza aumentaba cada vez más.

Oyó que alguien llamó a la puerta, se enjugó las lágrimas e intentó alzar su cabeza. Recorrió con lentitud la escasa distancia que había entre su silla y la puerta, y la abrió. Era Andrés quien llamaba, un profesor de Matemáticas con el que Teresa tenía una buena relación laboral. Es decir, era algo menos que un amigo pero algo más que un simple colega de profesión.

—¡Uy Teresa! Vas a tener que quitar la foto del Rey.

—¿Por qué? —interpeló sin ganas la interesada.

—Pues que al salir de aquí, Lucía le decía a Álvaro Ruiz: «aquí lo tienen todo viejo y hasta el careto del Rey está anticuado, joven pero anticuado» y el chico contestó: «con el dinero que pagan nuestros padres podrían tener algo más moderno».

Teresa y Andrés sonrieron irónicamente porque sus sueldos tampoco se compadecían con lo oneroso de los pagos a las arcas del colegio. Tras una breve conversación crítica respecto a esta cuestión, volvieron al tema del retrato desfasado.

—El retrato del Rey solo tiene seis años. No está anticuado — alegó Teresa pues no tenía ganas de buscar un sitio donde tirarlo o ponerlo.

—¡¿Solo?! ¿Te parece poco? ¡Qué cabezota eres!

Cuatro años antes habían tenido una discusión en la que los dos habían mantenido posturas totalmente opuestas. Andrés sostenía que lo mejor era quitar la fotografía porque ella no era ni jefa de estudios, ni directora, ni monárquica. Teresa, en cambio, prefería que la fotografía se quedase en su sitio. Además de no ser especialmente antimonárquica, tampoco quería dar imagen de rebeldía ante sus jefes.

Después de esta discusión acerca de la oportunidad de mantener o no el repetido y oficialista retrato, emprendieron un nuevo debate en el que la imagen impávida de Su Majestad era la protagonista. El matemático decía que un día la fotografía del Rey se quedaría vieja precisamente por anclarse en una edad menos avanzada que la del retratado. Añadió Andrés que las cosas envejecen en un segundo, que un día se le vería desfasado al Monarca y que ese sería un día concreto y determinado.

—Un día nadie notará nada en el cuadro. Sin embargo, al día siguiente, alguien se dará cuenta de lo viejo que es el cuadro y ese día tendrá una fecha concreta precisa. Entonces te pondrás muy triste y melancólica por el tiempo transcurrido. Así que tíralo.

En aquella conversación también estaba presente Jaime, un profesor de Historia a quien las teorías de Andrés le parecían estrafalarias y, defendiendo un planteamiento práctico, llegó a la conclusión de que era mejor estar en armonía con los jefes. Luego añadió:

—Bueno, el cuadro tiene dos años. Dentro de cuatro se quedará antiguo y lo podrás tirar sin que se enfaden los jefes. Igual el papel se pone amarillo antes.

Ella prometió que, cuando se quedase antigua, quitaría la foto para que todos se quedasen contentos y, de paso, ahorrarse la pesadumbre y morriña que produce un retrato desfasado y fríamente institucional.

Teresa rememoraba esta conversación y le pareció mucho más cercana de lo que había sido. Tanto ella como Andrés la recordaban con una extraída y sorprendente precisión, como si el tiempo se hubiera congelado al igual que el cuadro.

Ella reconoció a Andrés que su cálculo de tiempo había sido bastante acertado pero que de momento no tenía previsto tirar a la basura el cuadro.

Andrés insistió en que había llegado el momento de arrojar al incombustible Monarca al cubo de la basura, que era deprimente ver una foto vieja y que la propia Teresa así lo había prometido en su día.

—Solo pusiste una condición: que la foto quedase anacrónica y eso ha ocurrido aunque lo haya dicho una quince o dieciséisañera con acné en la cara y en el cerebro. A la papelera con él.

Lo cierto es que Lucía no tenía acné, ni en la cara ni en la mente, pero Andrés estaba un poco frustrado con su trabajo, su sueldo y sus alumnos por lo que siempre tenía frases despreciativas para las personas cuyo único «defecto» era tener la edad aproximada de sus alumnos. Decía frases como «tienen el cerebro lleno de semen» (los chicos), «escuchan música pensando con el potorro» (las chicas), etc.

Andrés cambió de tema y habló con mucha brevedad de algunos de los pequeños sucesos que había sufrido o disfrutado a lo largo de su, todavía no conclusa, jomada de trabajo. Después, le aconsejó por última vez que quitase la foto de marras porque se entristecería al mirarla y de paso evitaría la sensación de peloteo. Luego se despidió y se marchó. Allí volvió a quedarse ella sola. Cerró la puerta con llave de nuevo porque no le apetecía nada que entrasen y le obligasen a abandonar sus pensamientos obsesivos. Necesitaba refocilarse en ellos. Quizá para cansarlos y que perdieran fuerza. Volvió a sentarse y escudriñó la foto para intentar detectar el momento exacto en que la fotografía se quedó obsoleta. Tan solo una semana antes, el retrato estaba casi igual de antiguo y nadie había advertido nada. El momento clave, por consiguiente, debió de haberse dado en esa semana. Teresa siguió cavilando sobre este tema durante largos minutos sin llegar a ninguna conclusión.

Al cabo de unos minutos, su mirada se ancló en un retrato que no era del Monarca. Era una fotografía de la propia Teresa algún tiempo atrás. En la imagen, además de más joven, poseía una dosis de insolencia en la expresión que ahora no tenía. En la actualidad ella tenía una algo de bondad resignada en su rostro. Por tanto, podía ser algo parecido —y no la cara o las arrugas— lo que hiciera anacrónico el retrato del Rey.

Pensando sobre esto estaba en clase al día siguiente. Pasaba lista mecánicamente con un cuaderno de color verde claro (en ese cuaderno había una página por cada alumno; en cada una de ellas había una foto y espacio suficiente para incluir notas, ausencias y otros datos personales de los chicos) y al llegar a Álvaro Ruiz dijo:

—Álvaro, por favor, una foto actualizada.

Enseñó la fotografía a los de la primera fila que rieron con más fuerza que el resto. Además de los cambios físicos bruscos propios de la pubertad, Álvaro tenía ojos de niño en la foto y en la realidad ya no. Sus pupilas actuales tenían algo de tristeza y agresividad a pesar de la bonhomía natural del chaval. Esto es lo que hacía que la foto causara hilaridad. La mirada de Álvaro seguía siendo limpia, pero no era la transparencia involuntaria de la niñez. Empezaba a ser la mirada limpia de un adulto que había elegido ser así: claro y bien intencionado; lo cual era fatigoso pero admirable.

El interesado se limitó a murmurar: «pues la foto no es tan antigua».

El asunto de la fotografía no le causó ninguna sonrisa a Julia, quien elevó ligeramente la parte izquierda de su labio superior en señal de fastidio pues le debían de parecer cosas de niños. En ese momento, Teresa tuvo ganas de estrangularla, pero no se atrevió a hacerlo.

La clase finalizó. Teresa salió al pasillo y vio con bastante preocupación cómo Sergio Soto andaba con los hombros gachos y la cabeza alta en una actitud claramente contradictoria. Los hombros débiles y vencidos, a pesar de su envergadura, contrastaban con la rectitud de la cabeza, que la mantenía bien derecha para que nadie supiera su padecimiento. El chico andaba con el desinterés, quizá fruto de la vergüenza ante el mundo ajeno, propio de los denostados que se resignan. Solo la cabeza mantenía una actitud distinta en relación con el cuerpo.

Sergio sufría porque su chica, Almudena, había cambiado de novio. El atractivo de esta muchacha era similar al de Lucía. Cuando hablaba, ladeaba ligeramente la cabeza en señal de atención. No era un signo de sordera ni de incapacidad auditiva. Era un gesto de humildad, un intento de escuchar atentamente a las personas que le hablaban y no dar la sensación de superioridad. Ella se reía pocas veces, pero cuando lo hacía, era espontánea y contundente. Esa espontaneidad le gustaba y le hacía daño a Sergio, quien debido a su gran tenacidad, había conseguido que la joven se sentase a su lado en la clase y, más tarde, que saliera con él. Él era una persona que siempre había caído bien a sus compañeros porque era buena gente. Pero eso ya no servía para conquistar a Almudena. A las mujeres, aunque fueran buenas, les gustaban los hombres malos, pensaba él. Así que intentó inventarse un personaje más irónico e ingenioso.

Hasta cierto punto le salió bien y consiguió atraerse a la chavala. También logró cierta admiración de los compañeros ahora perdida del todo por el patetismo y desprestigio en que le sumió el desamor y lo que él sintió como una infidelidad.

Los días fueron pasando, la relación se fue prolongando y, cuando todo se acercaba a una situación de dulce rutina que le gustaba mucho al amoroso muchacho, la joven lo abandonó.

Estaba harta de soportarlo todos los días en clase y fuera. Quería respirar, estaba asustada y lo abandonó a los cuatro meses. A Sergio, estos meses se le hicieron plácidamente eternos por el grado de enraizamiento que Almudena había alcanzado en su espíritu.

A causa de este trastorno sentimental, el chico había suspendido cinco asignaturas por angustia y desesperación. Posteriormente, y al cabo de tres semanas contadas desde la ruptura, Almudena harta de todo, se había echado en brazos de un individuo dos años mayor y famoso por ser un mujeriego incipiente pero efectivo. Así quedaron pulverizadas las escasas esperanzas que todavía albergaba el ingenuo Sergio.

Teresa no entendía por qué, pero los tarados incapaces de amar, ya sean hombres o mujeres, atraen a los miembros del sexo contrario como las moscas y, como su indiferencia es grande, no tienen ningún inconveniente en hacerles sufrir con infidelidades y desplantes. El mezquino dicho de «es mejor comer caviar en compañía que mierda sola», había llevado a muchas mujeres a pensar que cualquier hombre que se aproximara a la fidelidad era susceptible de ser considerado «mierda». Teresa no comprendía cómo siendo una persona madura había estado tantos años cometiendo el mismo error que Almudena González. ¿Cómo podía ser que un hombre adulto y con un hijo perdiera la cabeza por dos turgencias jóvenes?

Lo cierto es que a la gente como Jorge se lo ponían muy fácil las mujeres tontas y cobardes como ella misma, que no se atrevían a tener a su lado a un hombre o un chico con buenos sentimientos como Sergio Soto. Sin embargo, ellas creían lo contrario.

Pensaban que el valor consistía en atar a un sinvergüenza y atreverse a tener una relación tormentosa con un tipo cuyo único mérito consistía en que se suponía que tenía algún mérito pues atraía a las mujeres. Tantos años extrañándose y sorprendiéndose de que los hombres pudiesen salir con un par de piernas sin cerebro y ella de manera un poco más elaborada, llevaba casi veinte años haciendo lo mismo pero al revés.

Teresa no podía aceptar que todo hubiese sido mentira: los sudores en las manos de las primeras citas, el hormigueo en el estómago esperando la llamada telefónica, los arrechuchos en el microutilitario del suegro, la ilusión de comprar la primera casa, etc. Todo ello lo tiró por la borda no sólo él sino también ella por su actitud estúpida.

La profesora iba andando por la calle con el alma en vilo y cruzando mecánicamente por los pasos de cebra.

Al llegar a casa se cambió de ropa, encendió la luz de la lámpara y puso la televisión con el volumen bajo. Se sentó, se hundió confortablemente en el sillón y miró las casas de los demás. Le gustaba ver cómo la luz del interior de las otras viviendas adquiría un color tenue y distinto en cada caso, dependiendo del tinte y tonalidad de la cortina correspondiente. Luego miró un retrato de Jorge y le pareció mucho más anacrónico que el del Rey. Las canas incipientes y la leve relajación en la tersura de la piel hacían que el encanto de un joven algo pícaro, interesante y alegre, se hubiese convertido en un cuarentón infiel, vulgar y productor de bromas soeces y cerveceras.

Mientras miraba la foto del antiguo Jorge, sonó el teléfono. Era el nuevo Jorge quien hablaba. Por su boca salió una concatenación de ocurrencias trapisondistas que fatigaron enormemente a su mujer. Una profunda desgana anegó el cuerpo de Teresa y solo le salieron las siguientes palabras.

—Por favor, habla con tu abogado que es el mismo que el mío. Por lo menos de momento.

Y colgó.

Panteritas (o casi)

Los seres humanos llegamos constantemente a convenciones colectivas sobre lo que es real y lo que no, dependiendo, en ocasiones, el concepto de realidad más de un consenso general que de unos hechos objetivos. Por ejemplo, en cualquier libro de Historia se dirá que Oswald mató a Kennedy, que Nerón incendió Roma, que Colón nació en Génova, que Cervantes hizo lo propio en Alcalá de Henares y que ETA asesinó (en solitario) a Carrero Blanco. Todas estas ilusas conclusiones se plantean casi siempre como tesis absolutas y cerradas que son defendidas, con profusión de datos, por personas doctas y con un currículum tan hipertrofiado y amplio que ni siquiera la diosa Sofía hecha avatar podría rebatirlas. Si además, se da la circunstancia de que a las personas afectadas o implicadas en un hecho les conviene creer (por motivos económicos o de otro tipo) la teoría más ortodoxa, esta se transforma en «la realidad» y se consolida irremisiblemente en el criterio general.

Estas consideraciones que acabo de exponer, traban relación con lo ocurrido en un pueblo cuya tranquilidad cotidiana se vio perturbada por unos sucesos que resultaron sorprendentes pero mucho menos que la conclusión final dada por buena por la prensa, las autoridades y la mayor parte de los lugareños. Los acontecimientos en cuestión afectaron, entre otros perjudicados, a un ganadero, que frisaba la cincuentena, llamado Julián Veguillas cuya principal actividad mercantil era la ganadería ovina. También recibía ingresos de las rentas de un par de pequeños locales de los que era propietario y arrendador pero, estas cantidades, tan sólo suponían un modesto complemento para su economía.

La mañana, de finales de julio, en la que comenzó su pasajero y extraño amago de calvario, nuestro protagonista se desperezaba y, con una taza de café solo que era más oscuro que una ceguera permanente, intentaba despejarse para adquirir valor suficiente con el que comenzar la jornada. Cuando el café empezaba a tener éxito y a surtir los efectos deseados, recibió una inusual —por temprana— llamada de teléfono. El aparato móvil, que clamaba parpadeante desde la encimera, pedía ser atendido, cosa que el interesado hizo en cuanto se quitó la sorpresa de encima y reaccionó.

El comunicante era Paco, el dueño de unos establos con caballos contiguo a la explotación de Julián. Su voz era tensa y se le había adherido a la misma un temblor apenas disimulado por lo elevado del volumen que empleaba al hablar, hechos que a nuestro amigo le hicieron pensar, de manera casi automática, que su interlocutor no portaba buenas noticias. Paco le hizo un desordenado e incoherente resumen de lo que había ocurrido y concluyó informándole de que ya había llamado a la Guardia Civil. «Ha vuelto a pasar», pensó el empresario ovino antes de colgar el teléfono.

Se le había olvidado dar las gracias a Paco por avisar pero seguro que él comprendería la omisión. Efectivamente, las noticias no eran buenas y tenía que acudir a su finca ovina cuanto antes, así que respiró hondo, cogió las llaves del coche y se dirigió sin dilación —dejando a medias la tostada que estaba ingiriendo— a comprobar con sus propios ojos el desastre recién acontecido.

La granja en cuestión estaba limitada por un cercado que, en su parte inferior, estaba formado por cemento y hormigón y en la superior, por una recia malla metálica que no era demasiado tupida. Esta característica permitía ver desde el exterior una buena parte de la explotación. Dentro, la finca tenía dos espacios: uno exterior y otro interior (una nave) para que las ovejas pudieran refugiarse de las inclemencias del tiempo. En la nave había dos compartimentos separados del área principal, que era diáfana, por puertas y vallas de hierro por si hubiese que separar a alguna o algunas ovejas por alguna razón. Toda la finca estaba sembrada de pesebres y abrevaderos.

Al llegar al lugar de los hechos, Julián vio que había cuatro guardias civiles —a dos los conocía de vista— y una decena de curiosos que, con incomprensible rapidez, habían acudido al lugar avisados por algún tipo de intuición infusa que existe en este país (y puede que en todos) cuando se produce algún hecho anómalo. Aparcó el coche y salió de él apresuradamente. Saludó —casi sin mirar— a los agentes y a Paco mientras se dirigía al portón de la finca; lo abrió y entonces sí que los miró sucesivamente a la vez que les habló:

—Ya pueden ustedes pasar. Gracias por todo Paco —dijo antes de pasar al recinto.

El ganadero estaba tan nervioso y tenía tanta prisa por entrar en la finca que no había hecho intención de ver la hecatombe a través de la malla. En cualquier caso, una vez dentro, el espectáculo le pareció más fantástico e irreal que en los comentarios y relatos, casi siempre balbucientes e inconexos, de amigos y conocidos que decían haber presenciado algo parecido. Julián no era el primer ganadero que se había visto afectado por una situación semejante en los últimos días pero, hasta que la situación no le golpeó directamente, no cobró conciencia de lo graves y penosos que podían ser estos acontecimientos tan bizarros.

Las ovejas yacían en el suelo muertas con aspecto momificado y reseco. Todas ellas mostraban un orificio limpio y profundo en su cuello por el que se supone que los atacantes habían succionado y absorbido todos los elementos líquidos de cada ejemplar. Este panorama dejó momentáneamente casi sin fuerzas ni ánimo al dueño del ganado quien a duras penas podía mantenerse en pie y caminaba, con lentitud mecánica, entre los cadáveres.

Los agentes, por su lado, estuvieron haciendo fotos, tomando muestras y formulando, de vez en cuando, preguntas al azorado ganadero que contestaba con la precisión que su escasa concentración le permitía. Este proceso duró aproximadamente cinco o seis minutos que fue el tiempo que necesitaron los guardias civiles en llevar a cabo las actuaciones básicas.

Ya estaban fuera de la finca tanto los agentes como el afectado —que acababa de cerrar el portón— cuando este divisó cómo, a lo lejos, se perdía en la espesura un felino que parecía un leopardo oscuro. Alarmado por la visión, el hombre gritó a la vez que señalaba un punto con el brazo y el índice extendidos.

—¡Mirad allí!

—Sí, yo también lo he visto —confirmó un espontáneo, ataviado con una camiseta naranja, que estaba curioseando por el lugar.

Julián, entonces, se dirigió a uno de los guardias civiles —a quien conocía de vista y parecía el encargado de coordinar la investigación— y le explicó atropelladamente que había avistado a una pantera en el encinar. El agente no había observado nada, pero el otro hombre (que había pasado de simple cotilla a testigo) corroboró la afirmación de nuestro protagonista. El guardia civil les aconsejó serenarse y en tono algo imperativo preguntó a Julián:

—Empecemos por usted. ¿Qué ha visto exactamente?

El interpelado explicó que había visto una pantera negra, pero que no podía definir de qué especie se trataba ya que las circunstancias no le habían permitido focalizar correctamente la mirada.

—Me pareció que el felino era más estilizado que un jaguar pero, en realidad, no estoy seguro. Iba andando a paso ligero hacia el interior del bosque y le perdí de vista —narró el interrogado de manera poco concluyente.

El interpelante, con la mirada, consultó al otro testigo inquiriendo algún detalle complementario.

—No tengo nada que añadir. Yo creo que era algo más alto y alargado que un pastor alemán pero no lo puedo asegurar. Hay mucha distancia. Pasó al lado de esa roca —informó mientras apuntaba con el brazo a una peña, de unos dos metros de altura, que se situaba en los límites de la zona boscosa.

—Esa roca está de trescientos a trescientos cincuenta metros de aquí. Puede ser un error de apreciación en el tamaño del animal —pensó en alto el guardia civil.

Inmediatamente después, se acercó a sus compañeros y estuvieron hablando en voz baja. Cuando terminaron su corta conversación, se dirigieron al perjudicado y le citaron para que acudiese al cuartel a las cinco de la tarde, en ese mismo día, con el fin de tomarle declaración con más tranquilidad y hacerle unas preguntas sobre el incidente. También le pidieron que llevase una determinada documentación relacionada con su negocio. Para finalizar le hicieron una petición:

—Ahora vamos a acordonar todo esto. Ya le comentaremos por la tarde qué hacer con los cadáveres pero necesitamos que nos deje la llave y nos firme esto. Todavía no tenemos orden judicial y preferimos actuar con su permiso.

El desconcertado empresario ovejero firmó y se comprometió a comparecer a la hora referida pues no tenía deberes ineludibles que cumplir. De manera que, se despidió con la mirada de Paco, se metió en su coche y regresó a su cercano domicilio circulando despacio porque, aunque el trayecto era corto, estaba todavía algo nervioso y prefería no correr riesgo alguno.

La vivienda de Julián Veguillas estaba a pie de calle. Era una remodelada casa antigua de pueblo con dos pisos y un jardín trasero pequeño. Una doble puerta en la entrada añadía un falso plus de seguridad y ponía distancia, más psicológica que real, entre el propietario y la calle. La primera puerta era endeble y estaba formada, como material mayoritario, por un plástico duro semitransparente. La segunda se encontraba a metro y medio de la primera y —esta sí—, era un objeto sólido y macizo que cumplía su misión con eficacia. En el espacio intermedio existente entre ambas, por una inefable ocurrencia del dueño de la casa, había un solitario tiesto que servía de soporte a un geranio quejoso y delgado. El resto del domicilio era anodino, confortable y cumplía con su misión de cobijar a su propietario y único usuario.

Cuando entró en la casa, nuestro tenso protagonista fue directo a echarse en la cama pues tenía que descansar y llegar a alguna conclusión o, al menos, intentarlo en ausencia de excitación nerviosa o con la menor posible. Pensó que si conseguía dormir durante hora y media o dos horas podría continuar con la cotidianidad de forma aceptablemente lúcida. Por ello apagó el teléfono móvil, descolgó el fijo y se metió en la cama esperando que le visitara la somnolencia. Empero, esta no llegaba y ni siquiera se acercaba. Le costaba conciliar el sueño porque su cuerpo no lo necesitaba aunque su mente sí. Conforme pasaban los minutos y el estado de vigilia permanecía inalterado, su enfado se acrecentaba a la par que su nerviosismo, aumentando así su dificultad para dormir. Por consiguiente, para evitar enredarse en esta espiral de irritación y enojo, el insomne varón decidió hacer unos ejercicios de yoga durante, aproximadamente, un cuarto de hora antes de volver a meterse en la cama y programar el despertador. Esta vez sí consiguió su objetivo precisamente porque (además del yoga) este había dejado de serlo ya que, inteligentemente,

Julián asumió con naturalidad la posibilidad de no quedarse dormido. Esto le dio la calma suficiente como para caer en los brazos de Morfeo durante casi dos horas, tal y como había previsto. Durante ese tiempo su cerebro inconsciente repasó e intentó interpretar los extraños y dañinos sucesos que, en esta ocasión, le habían causado un agravio directo.

Ya habían pasado dos semanas desde que unos adolescentes, que estaban sentados en el único banco verde del pueblo y uno de los pocos en buen estado del pequeño municipio, habían visto por primera vez un animal parecido a una pantera con melanismo. Como los asustados muchachos dieron la noticia a unos convecinos con buen olfato, que habían percibido un inequívoco y apestoso olor a una droga blanda, nadie les hizo caso. El convencimiento y aplomo de los ciudadanos de bien era incompatible con dar crédito a lo narrado por los chicos y como la experiencia, en muchas ocasiones, es la madre del prejuicio y del olvido de los errores propios, todos los adultos de la zona que pretendieran ser tomados por personas serias debían ser incrédulos e incluso sarcásticos con el relato de los muchachos.

Los pobres chicos no eran personas sensatas (a su edad casi nadie lo es), pero tampoco tenían problemas mentales ni de percepción. A pesar de esto, tuvieron que padecer burlas y miradas irónicas de sus paisanos durante algunos días hasta que Joselu, El Cura (había ido a un seminario durante su juventud), denunció el ataque a sus vacas y la presencia de un felino semejante. Como el ganado que había en esa zona era predominantemente ovino y caprino y Joselu era el único que tenía vacas en el pueblo, los demás creyeron (egoísta y equivocadamente) que quizá quedarían a salvo de ataques similares ya que colegían —de manera demasiado optimista y arbitraria— que un depredador que tenía querencia por la sangre de las vacas era muy probable que no estuviese muy interesado en la misma sustancia de otras especies animales.

Con posterioridad hubo dos ataques más y esta vez las víctimas fueron cabras. Esto ya hizo que el nerviosismo comenzase a expandirse. El ganado caprino estaba muy extendido en la zona y por tanto, había muchas personas que eran potenciales perjudicados por los extraños sucesos cuyo principal responsable, conforme a la sospecha mayoritaria, era un gran gato negro del tamaño de un leopardo que solía ser visto en las inmediaciones de las granjas afectadas.

Las habladurías y las conjeturas comenzaron a proliferar por doquier con buenas dosis de mala fe pero escaso fundamento. La más pintoresca y retorcida se cebaba, curiosamente, en los adolescentes cuyo testimonio había sido despreciado. Suponían algunas mentes calenturientas que los chicos, enfadados por las burlas y el desprecio de sus paisanos, habían tomado venganza agrediendo a algunos rebaños para que quedase claro que ellos no mentían y que, en ningún modo, su avistamiento había sido fruto de las drogas y la fantasía. Esta elucubración malintencionada e hiriente no tuvo demasiado éxito porque, realmente, tenía cabos sueltos tan obvios que no se hace necesaria su explicación a un lector de mediano entendimiento e incluso mediocre. No obstante, algunas personas seguían barajando esta hipótesis como probable. Se basaban estas gentes en que los chavales cometieron los ataques como venganza por la falta de credibilidad que habían tenido sus palabras y que, casualmente, todo había coincidido con que algún felino grande caminaba suelto por ahí y que además, tenía el detalle de aparecer cerca de los lugares en los que se producían los hechos. Las malas lenguas no iban a arredrarse porque sus especulaciones prejuiciosas no encajasen, ni a martillazos, en la lógica y el sentido común más elemental, así que continuaron con sus conjeturas durante un tiempo más.

Al socaire del infundio contra los muchachos (que no había calado hondo en la población) surgió otra descabellada posibilidad que se transmitió por las lenguas de los lugareños como fuego en una mancha de petróleo. La nueva conjetura no se había cebado aún en ningún sujeto concreto aunque se perfilaban algunos sospechosos. Se basaba este dislate en que el primer incidente se había tratado de una venganza personal contra El Cura y que el resto los había realizado el culpable para despistar. Una variante retorcida —que tuvo cierto predicamento— de esta paranoia, consistía en que el presunto enemigo del Cura había tenido la suerte monumental de que surgiera un émulo quien, al parecer, debía de tener mucho afán de secreta notoriedad y tiempo libre. La posibilidad del timo al seguro también era una opción que se planteaba en debates tabernarios y caseros que nunca finalizaban con conclusiones consensuadas.

Entre imitadores teóricos de Poirot y transmisores voluntarios e involuntarios de disparates, pasaron los días sin que nuestro amigo les prestase mucha atención hasta que llegó el momento en que le tocó a él ser víctima y perjudicado. Al ver *in situ* tanto la pantera como las ovejas con su vida aniquilada, tuvo la certeza, antes era solo una presunción fundamentada, de que había un misterio real y que carecían de sentido las habladurías acusatorias de algunos paisanos.

Todos estos recuerdos pasaban por las neuronas del pequeño empresario durmiente. Mientras él dormía, su cerebro iba encajando las piezas hasta que el rompecabezas se completó (aunque su parte consciente no lo supiera) y solo entonces la mente le dio el aviso de despertar, seis minutos antes de lo marcado en el despertador. La profunda, larga y extemporánea siesta había finalizado de manera exitosa porque, el interesado había conseguido su objetivo: aclarar y despejar las ideas.

Se levantó pues animado y pensando —sin agobio— en la indemnización que le correspondería ya que, tanto si se trataba de un ataque de un animal desconocido como de uno protegido o simple vandalismo, sería indemnizado —dependiendo del supuesto— por su aseguradora, la Comunidad Autónoma o el Consorcio. Su situación económica le permitía esperar algún tiempo sin nerviosismo (vivía en una casa heredada sin hipoteca) así que era mejor no impacientarse y disfrutar del segundo café del día. Apenas tomó el asa de la cafetera, que todavía estaba medio llena, Julián la soltó sin haberla movido aún, pues no le apetecía mezclar el sabor del café con el que ahora circulaba por su boca y garganta. Inexplicablemente, paladeaba un sabor intenso de cordero y vino que le causaba, a un mismo tiempo, gusto y preocupación. Para evitar una nueva inquietud, halló rápidamente una justificación que le satisfizo. «Habré soñado con comida», concluyó de forma autoconvincente.

Desafortunadamente, la satisfacción no le duró mucho pues una idea perturbadora se instaló en su mente: tuvo la certeza absoluta de que el leopardo no era un animal de este mundo y que, además, era algo o alguien conocido y familiar. Desechó estos pensamientos por ridículos pero, nada más hacerlo, intuyó con fuerza que su hija Sonia llamaría al timbre de la puerta de la calle en unos segundos y así fue. Efectivamente, el timbre sonó, él abrió y, como esperaba, ella estaba allí. Cuando la vio, inmediatamente —como si fuera una revelación— sintió y percibió como realidad incuestionable lo que su entendimiento acababa de rechazar: ahora estaba completamente seguro de que la pantera era un ser conocido, que no era de este mundo y que había venido a decirle algo.

Sorprendentemente, Sonia no portaba en la mirada su doble odio habitual: el vicario procedente de su progenitora y el más usual de adolescente incomprendida. Esta vez, no venía de parte de su madre a reclamar el pago de la pensión alimenticia porque, por una vez, el divorciado ganadero había sido puntual y el ingreso estaba realizado desde el día anterior (a veces se retrasaba más por despiste o pereza que por ganas de fastidiar). Julián, a pesar de las discrepancias que mantenía con su hija, estaba deseando que los próximos dos meses transcurrieran rápido porque la chica entonces sería mayor de edad y gracias a Dios, podría tratar determinadas cuestiones directamente con ella.

—Me vienes a hablar de la pantera —dijo él a modo de saludo.

Sony (la interesada siempre lo escribía con «y») no se sorprendió por la intuición paterna pues había razones objetivas para suponerlo. Se sentó en un sofá del salón y se dispuso a hablar.

—No estás loco papá. Yo también lo vi —dijo muy seria

A continuación, le reconoció que ella estaba en el banco verde junto con los chicos que habían reportado el primer caso. Luego, de manera breve, le hizo un relato de lo que ya era conocido por todos (también por Julián).

—Me mentiste —protestó él cuando la muchacha ya había terminado—. Esos chavales son tus amigos y me extrañó que no estuvieses con ellos. Te pregunté y me lo negaste más de una vez y más de dos.

El padre estaba elevando el volumen de su voz progresivamente, pero consiguió sosegarse y, ya en silencio, esperó la respuesta de su hija.

Ella, como justificación, le explicó que no se lo había contado antes porque no quería que él supiera que alguna vez se fumaba algún canuto. Tampoco le hacía gracia que su padre se preocupase por el descrédito y las difamaciones que habían sufrido los de la pandilla del banco verde por lo que había una segunda causa para mentirle al respecto y así lo hizo.

Estos argumentos eran sinceros y tampoco estaban desprovistos de lógica, razones por las cuáles, Julián se sintió incapaz de enfadarse con Sony. Por primera vez en mucho tiempo, sintió que podían hablar juntos sin que hubiese tensión ni malos modos, así que decidió invitar a comer a su hija.

—Si tu madre no tiene inconveniente —añadió con inseguridad.

—Ya sabes que sí lo tiene. Siempre lo tiene —informó Sonia a la vez que sonreía sin maldad—. Pero ese no es el problema. Hemos quedado unos cuantos a comer en casa de Patri y antes vamos un rato a su piscina.

Él percibió que Sony no les estaba juzgando a ninguno de los dos y le gustó que su hija estuviese madurando y perdiendo su intransigencia. Esto le hizo pensar que él tampoco había sido muy transigente ni empático con ella ni con su exmujer. La chica le dio un beso en la mejilla para despedirse y, por primera vez en años, Julián sintió que había sentimiento y no rutina en ese gesto. Nada más pensar esto, inesperadamente, tuvo un pequeño viaje en el tiempo de unos segundos y lo manifestó:

—Ahora va a pasar por la calle un coche deportivo negro sin matrícula— predijo solemne.

Lo dijo con tanta seriedad que Sony no se lo tomó a risa y, después de tres segundos de corta reflexión, esta dijo:

—Vamos a verlo.

Abrió la puerta de la calle con curiosidad y deseosa de comprobar la veracidad del presentimiento. Dicho y hecho: nada más abrir la puerta, un automóvil deportivo negro de apariencia algo anacrónica y que no tenía matrícula, pasó circulando rápidamente delante de ellos alejándose calle arriba.

Sorprendida, la muchacha intentó convencerse de que quizá el hecho había sido originado, de algún modo, por una supuesta información olvidada en el subconsciente del cerebro paterno. Respecto al hecho concreto de la matrícula, ella concluyó que no la habían visto por lo deprisa que circulaba el coche y lo precipitado de la situación. Sony dio por buena estas posibilidades y se las explicó a su padre con poca convicción en su interior y algo más en su voz. En cualquier caso, le prometió a Julián que pensaría sobre el tema y se despidió de nuevo —con otro beso—, fingiendo que lo ocurrido con el vehículo negro no había sido tan inhabitual. Sin embargo, apenas había dado la espalda a su padre, la joven recordó algo, se dio la vuelta y le miró muy seriamente:

—Papá, hazme un favor y hazte un favor. Porfi, quita esa maceta de la entrada o ponle una planta de verdad. En serio, hazlo —comentó en tono, paradójicamente, paternalista antes de decirle adiós con una sonrisa y marcharse caminando.

Al volver a entrar, el neovidente ovejero miró la maceta y pensó que el consejo recién recibido era algo exagerado porque el geranio, indudablemente, no era un prodigio de pujanza floral, pero en modo alguno daba una imagen tan negativa como opinaba Sony.

Cerró la puerta y se quedó otra vez solo en su vivienda con sus reflexiones —a veces vagas— y sus pensamientos que en esos momentos eran más erráticos que negativos, pues pasaba de unos a otros de forma asistemática sin preocuparse mucho por ninguno.

Él estaba absolutamente seguro de que mucha gente con la que había hablado en los últimos días sabía que Sonia estaba en el grupo de primer avistamiento y nadie le había contado nada, cosa que le disgustaba, aunque es probable que se lo ocultasen por prudencia. No se les escapó ni una palabra ambigua que pudiera causar las sospechas de Julián, con lo cual se demuestra que —en contra de la común idea—, en un pueblo sí que puede mantenerse un secreto.

En todo caso, pensó que era preferible olvidar esta circunstancia y quedarse con la parte buena del día porque, afortunadamente, la charla con su hija había sido positiva debido a un principio de comprensión que nacía o renacía entre ellos y sobre todo, por lo que no existió: tensiones e invectivas mutuas. Él había sentido que los profundos ojos negros de su hija eran de nuevo comprensibles y al igual que cuando era niña, volvían a estar descodificados reflejando lo que ella pensaba y sentía. Nuestro amigo se encontraba mucho más tranquilo pues la visita de su hija le había dado fuerza y optimismo y la siesta lucidez y reposo.

Ahora, únicamente tenía que hacer tiempo hasta que llegasen las cinco de la tarde, momento para el que faltaban casi seis horas. Encendió el teléfono móvil dejando el fijo descolgado y se dispuso a ver alguna película buena o al menos entretenida que tuviese en DVD. Para ello se dirigió a la estantería donde reposaban dichos objetos y después de ver las carátulas y deliberar internamente sobre la elección de la película, se decidió por una comedia. Justo cuando se sentó en el sofá y aparecía el menú en la pantalla, recibió una llamada telefónica que solo fue, para su desesperación, la primera de una larga lista: familiares, amigos, conocidos, examigos y periodistas se pusieron de acuerdo para no dejarle comer tranquilo ni relajarse. La voz se había propagado y todos querían saber qué había pasado. Desde que Sonia se había marchado de la casa hasta que él abandonó la misma para dirigirse al cuartel, Julián no pudo estar tranquilo y tuvo que atender tantas llamadas que apenas pudo comer con calma ni buscar con sosiego la documentación requerida (que finalmente localizó) por la Guardia Civil.

Cuando, por fin, se acercaba la hora de personarse ante las autoridades, Julián Veguillas apagó el teléfono móvil, colgó el fijo para que estuviese inútilmente operativo, tomó la carpeta con los documentos y se dirigió con tranquilidad hacia el cuartel que estaba situado, en la misma localidad, a tres o cuatro minutos a pie.

Llegó al cuartel del pueblo, que tenía competencias en varias poblaciones de la zona, y le hicieron entrar en una sala, no sin antes dejar el teléfono móvil en una taquilla. En dicha sala estaban presentes los cuatro guardias civiles de la mañana —los dos desconocidos tenían gesto malhumorado— y tres personas vestidas de paisano a quienes no había visto nunca.

—¡Uy, qué concurrido está esto! —se extrañó el recién llagado en voz alta.

El jefe del puesto de la Guardia Civil —uno de los conocidos aunque solo fuese de vista—, le presentó a los dos hombres vestidos de calle quienes, en un gesto de falsa accesibilidad y distensión, pidieron que se les tutease. Eran dos biólogos (uno de la Comunidad Autónoma y otro del CSIC) y un funcionario autonómico que tenía competencias en materias legales. Este funcionario le facilitó los impresos para dar de baja a los ejemplares muertos y solicitar una compensación económica. Le pareció inaudito que le estuviesen facilitando los trámites de esa manera y que se trasladase alguien de la Administración por un minúsculo empresario de pueblo. Estaba claro que los peces gordos no consideraban que los ataques fuesen nimiedades ni que la presencia del felino fuesen alucinaciones.

Después de su declaración sobre los hechos y de cubrir los impresos, le devolvieron las copias selladas asegurándole, en respuesta a sus dudas, que la Consejería lo procesaría digitalmente conforme al procedimiento habitual. Julián supo que le estaban diciendo la verdad y que, cuando querían, estas gentes podían hacer magia. Inmediatamente después, le aclararon que no se preocupase por la cuestión monetaria pues la Administración le pagaría una suculenta indemnización. La cantidad sería la resultante de sumarle, a la compensación ordinaria, un complemento para el que ya habían encontrado un resquicio legal. Luego, uno de los desconocidos miembros de la Benemérita le aseguró que la Consejería ya se había llevado los cuerpos de las ovejas finadas a la vez que, con gesto brusco le ponía en la mano la llave de la explotación y le instaba a firmar la recepción, acción que Julián llevó a cabo sin dilación.

Apenas hubo dejado el bolígrafo en la mesa, los cuatro guardias civiles se acercaron a él y comenzaron a hacerle todo tipo de preguntas sobre su negocio, su situación económica, sus hipotéticas adicciones, etc. Él contestó a todas ellas e incluso, a pesar de que la situación era algo intimidante, llegó a ser un tanto altivo y sarcástico en alguna respuesta, pues entendió que le estaban faltando el respeto. No les sorprendió a ninguno de los presentes ni el disgusto del declarante ni tampoco los datos facilitados por este. Por consiguiente, se infería que todos, o casi todos ellos, estaban verificados de antemano. «¿Si lo saben para qué coño preguntan?», se dijo a sí mismo Julián.

La batería de interrogantes terminó por fin y le pidieron que pasara a otra sala más grande en la que resultó que permanecían en espera El Cura, Rigoberto (un colega ganadero de nombre inolvidable) el espontáneo cotilla de la camisa naranja y un chico, amigo de su hija, que se llamaba Mario y que pertenecía al grupo del banco verde. Uno de los agentes les comentó que los demás afectados o no podían acudir o no habían sido localizados.

—En cuanto a los chavales del primer avistamiento, solo hemos llamado a uno porque es el único mayor de edad y así nos dejamos de líos con los padres —aclaró el jefe del puesto quien inmediatamente después empezó a informarles de la cuestión en sí.

—Hemos hecho una reconstrucción de los hechos; hemos tomado muestras en el terreno; hemos interrogado a los testigos en profundidad y ya tenemos conclusiones —añadió el guardia civil.

Paseó su mirada entre el expectante público y prosiguió con su discurso.

—Os solicitamos que seáis discretos y que no digáis nada de lo que aquí se va a comentar. Seréis compensados por las pérdidas, pero os pedimos vuestra colaboración. Si alguien os pregunta decid que habéis venido aquí a ratificar vuestras declaraciones porque queríamos verificarlas y que, además, necesitábamos comprobar algún documento. Nada más.

»Tu caso ya lo hemos hablado —añadió misteriosamente mientras miraba al cotilla de la camisa naranja que asintió mecánicamente— por lo que ahora os dejo con Jaime que os explicará en detalle la conclusión final.

Jaime era el alto cargo del CSIC que le habían presentado a Julián con anterioridad. No recordaba la pomposa denominación del cargo que le mencionaron, pero estaba claro que tenía una alta responsabilidad en el organigrama de la institución. El tal Jaime era un señor alto, de pelo blanco y unos sesenta años, delgado pero con algo de tripa y con aire engreído, fruto de llevar muchos años sin que nadie diferenciase entre sus opiniones y sus órdenes. Empezó diciendo que en la zona no había circos ni zoológicos ni tampoco restos orgánicos de leopardos o pumas por lo que no se podía sostener la idea de un animal fugado. En cambio, continuó, sí que habían descubierto heces de lince (animal protegido) cerca del pueblo, hecho que aclaraba todo bastante para satisfacción de los afectados.

—En fin, los perjudicados tendréis vuestra indemnización —afirmó satisfecho—. La concreción de la cantidad no es cosa mía y ya os informará la Consejería cuando toque.

En esa comarca se había detectado un lince por última vez hacía más de treinta años y, por tanto, la teoría recién escuchada causó más que escepticismo en el rostro de los interesados. Al ver la expresión de incredulidad de sus interlocutores, el científico propuso que acudieran todos juntos (funcionarios, afectados y Mario) al lugar en el que se habían hallado los restos orgánicos pues no los habían tomado como muestra en su totalidad.

—No creo que aporte mucho a la investigación el que nosotros veamos la cagarruta —opinó Julián con la única intención de ahorrar tiempo.

—Yo no distingo un mojón mío de uno de mi perro —abundó Rigoberto con ánimo jocoso.

Todos los afectados rieron y Mario sonrió pero el científico del CSIC no destacaba por su sentido del humor. Este observó con desprecio a su auditorio y adquirió en su voz un tono irritado mientras alegaba, ante el regocijo de algunos de los presentes, que era parte de su obligación hacerles el ofrecimiento.

—Yo estoy seguro de que todo el desastre lo hizo un lince negro que veía películas de Drácula y decidió imitarle —aseguró nuestro protagonista con sarcasmo.

—Llevas toda la razón y que nadie diga lo contrario y nos deje sin indemnización porque lo mato —dijo Rigoberto entre carcajadas pues, la tensa y anómala situación facilitaba la risa nerviosa.

Esta actitud provocó que los representantes allí presentes de la Administración Pública les mirasen con odio indisimulado porque, en su soberbia, habían pensado que los testigos y afectados se iban a creer la absurda explicación mencionada o que, al menos, tendrían el detalle de disimular y callar.

Conteniéndose la risa, los dos ganaderos pidieron perdón y Julián aseguró que sostendrían hasta la muerte la idea del «felino cagón». Aunque el comentario no les resultó correcto, los funcionarios lo dejaron pasar ya que era tranquilizador en el fondo pues, obviamente, no había nadie más interesado que el grupo de perjudicados en que el culpable fuese el lince. Una vez que se hizo el silencio, el biólogo llamado Jaime pudo continuar con su discurso

—Todos los ataques los protagonizó un lince más grande que la media o dos linces con esas características. Hay seres humanos como Lebron James o Pau Gasol que son mucho más altos de lo normal y lo mismo pasa con los animales. Hay linces anormalmente grandes, hecho que unido a la distancia y a la emoción del momento, provocó que los linces fueran percibidos como leopardos o panteras. Seguramente, estos ejemplares tenían un pelaje más oscuro de lo usual y hubo una identificación de su color errónea por las mismas circunstancias a las que me he referido con anterioridad. Tampoco podemos descartar del todo que, en alguna ocasión, pudiera darse algún caso de melanismo en algún lince ibérico aunque hasta el momento no tenemos conocimiento de ninguno. Esto es lo fundamental. ¿Alguna pregunta?

—¿Y lo del cuello? —preguntó tímidamente Mario, el recién llegado a la mayoría de edad.

—Lo del cuello —respondió el científico—, fue provocado porque este lince o estos linces, tenían en una de sus garras delanteras solo una uña o dos pero separadas entre ellas, faltando las intermedias. Clavaban la uña en la garganta y luego bebían la sangre. ¿Por qué tenían ese comportamiento? Pues no lo sabemos con certeza. Posiblemente se trataba de un individuo (o más) con anomalías genéticas (gigantismo y quizá melanismo) por lo que no es raro que tuviera (o tuvieran) varias irregularidades en sus genes y que su comportamiento fuese extravagante.

El alto cargo del CSIC estaba tan henchido de sus conclusiones y conocimiento científico ortodoxo que tuvo que desajustarse el cinturón a pesar de que su grado de ceñimiento se adecuaba a su tripa física. Miró a su alrededor con aires de narcisismo intelectual, sonrió como si algo le hiciese gracia y sentenció:

—Linces grandes, casi panteritas. Ellos fueron los responsables. Un lince anormalmente grande tiene un tamaño cercano a un leopardo (y no digamos a un puma) pequeño o joven que no ha completado su desarrollo así que esta es la realidad: linces grandes casi panteritas.

La frase final era ridícula pero no más que el resto de las singulares explicaciones y aclaraciones así que no le prestaron demasiada atención. Uno de los guardias civiles les dijo que podían marcharse y, tras la correspondiente devolución de los teléfonos, empezaron a caminar tranquilamente hacia la salida.

Una vez fuera y en voz baja, le preguntaron al cotilla de naranja sobre el motivo de la compensación que le correspondería a él que, por lo que sabían, no figuraba entre los agraviados.

—En Villanueva hice una nave industrial por huevos y sin pedir permiso como hace mucha gente. Me han dicho que lo sabían pero que la legalizarán —reconoció bajando aún más la voz que los preguntones curiosos.

—Vamos, que el único que se va de vacío soy yo —se lamentó el joven Mario.

—Los inconvenientes de la juventud. Tienes la edad y la plenitud ¿Qué más quieres tío? —arguyó irónicamente Rigoberto.

Tras unos cuantos comentarios rutinarios y sin demasiada relevancia, el grupo se separó y cada uno se fue a su casa.

Al día siguiente, quedó claro que alguien había incumplido su palabra porque el principal periódico provincial y algún que otro diario digital recogían el siguiente titular: «Linces grandes, casi panteritas». A continuación, hacían referencia irónica a la frase del preclaro científico pero, asombrosamente, daban por buena la teoría del lince anómalo genéticamente.

Julián se preguntó quién sería el filtrador. El mayor número de papeletas las tenía Mario porque solo tenía esta manera de sacar algún rédito de los acontecimientos. No obstante, podría haber sido cualquiera de los asistentes a la reunión —incluidos los empleados públicos— o el cónyuge, hijo o hermano de cualesquiera de ellos así no tenía sentido devanarse la cabeza en cavilaciones gratuitas. Al fin y al cabo, el ataque al ganado no le había ocasionado grandes problemas a nuestro protagonista quien, por tanto, podría reiniciar su vida diaria con la relativa tranquilidad de siempre.

Los ataques cesaron y, a día de hoy, no se han vuelto a repetir. Aparentemente, la formulación de una absurda teoría oficial cerró el paso a una realidad desconocida. A todos los afectados, esta aparente casualidad les intranquilizó pero, por salud mental, prefirieron olvidarla sin especular ni formular hipótesis.

Los lugareños, mayoritariamente, continuaron y continuarán viviendo en una red de desconocimiento, medias verdades y mentiras. Este cimbreante bastón de ignorancia nos puede llevar de bruces al suelo mientras él permanece intacto y listo para ser empleado por otro usuario. Esto fue lo que le pasó a Julián quien recibió un fuerte golpe de la auténtica realidad y, en el futuro, ya nunca le valdrían las justificaciones creídas por casi todos.

Todo siguió rodando como de costumbre pues la expresión «Linces grandes, casi panteritas» causó risa en la forma pero increíble credulidad en el fondo. Allí seguirá el pueblo, rodeado de montes y montañas no muy elevadas que están en el límite de no ser dignas de tal nombre; allí seguirán los bosques de encinas, de fronda tan moderada que también resulta dudoso que merezcan llamarse así y en definitiva, todo persistirá en su apariencia sempiterna y constante. La rutina permanecerá en las mentes y corazones humanos, demasiado egocéntricos y acomodaticios como para emprender la interrogación y la búsqueda.

Los ataques cesaron y a día de hoy, no se han vuelto a repetir. Aparentemente, la formulación de una absurda teoría oficial cerró el paso a una realidad desconocida. A todos los afectados esta aparente casualidad les intranquilizó pero, debido a las limitaciones humanas, nunca fueron capaces de elaborar siquiera una especulación sobre esta coincidencia.

Sin embargo, agazapado, algún día volverá a aflorar un universo subyacente que es, al mismo tiempo, causa y efecto de las pugnas y agonías de este mundo. Quizá lo haga de una manera masiva y clara porque, de lo contrario, deberemos contentarnos con una explicación al uso del tipo «Linces grandes, casi panteritas».

Ruptura tentada

Belén y Eva tenían ocho y siete años respectivamente. Su amistad no era muy antigua puesto que se conocían, tan solo, desde hacía dos meses. Sin embargo, el tiempo no siempre tiene relación con la hondura y sinceridad de los sentimientos. A los cinco minutos de conocerse ya estaban contándose los dimes y diretes de sus amigos, compañeros de clase y familiares. No siempre ocurre lo mismo. A lo largo de nuestra vida, entramos en contacto con algunas personas y, durante años, nuestras existencias se entrelazan y estorban mutuamente porque nunca llegamos a entendemos. No importan los años que pasen, no desaparecen las barreras que señalan la individualidad del ser humano. A Belén y Eva les pasó lo contrario, casi inmediatamente, se dejaron llevar por el entusiasmo de encontrar a alguien con quien se tienen más afinidades que diferencias y, en consecuencia, ese mismo día nació una amistad muy sólida y duradera.

Las vidas de estas dos niñas se cruzaron porque sus respectivas familias acudieron a la llamada de una promotora que, en un pueblo de las afueras de Madrid, vendía unos pisos grandes, de módico precio y buenos materiales. Pensaron que era buena idea trasladarse a un lugar en el que se combinasen las posibilidades de la gran ciudad (cine, tiendas, ambulatorios, etc.) y la calidad de vida de un pueblo. La familia de Belén compró el 1° B y la de Eva el 2° B del mismo portal. Así que el azar las colocó muy cerca y favoreció el encuentro de ambas. La mitad de los pisos ya estaban habitados. Por esta razón, las hijas pudieron encontrar amigos y los padres las tan odiadas como ansiadas reuniones comunitarias. Por si esto fuera poco, dicho paraíso les permitía permanecer lejos y equidistantes de los que ellos consideraban los mayores horrores de la sociedad española: los intolerantes ricos «carcas» y la impetuosa y ordinaria clase obrera. Debemos señalar que ninguno de los dos matrimonios despreciaba a la gente de escasos recursos económicos. Sencillamente, preferían convivir con individuos de su mismo nivel cultural e intelectual. Ellos creían que sus hijos crecerían más sanos, en todos los sentidos, en una urbanización rodeada de pinares, vides y demás elementos vegetales sin pensar que, desgraciadamente, este medio natural duraría poco por culpa de la expansión urbanística. Todo perfecto: dos cabezas de familia que empiezan a ascender económicamente en la pujante clase media de finales de los setenta y dos niñas encantadoras.

Luego, una vez establecidos en su nuevo hogar, resultó que el padre de Belén conocía al de Eva porque habían sido compañeros de clase en la Universidad. Su relación no había sido muy cercana pero sí que se guardaban cierto cariño y respeto. En resumen, los astros y la naturaleza se confabularon para que Belén y Eva se conocieran

Desde el principio de su amistad, Belén pasaba la tarde-noche de los viernes en casa de Eva. Esta la invitó dos viernes seguidos y el tercero fue la propia Belén quien, por libre iniciativa, llamó a la puerta de la casa de Eva. Nadie se inmutó por la autoinvitación, ni Eva ni sus padres. A todos les pareció lo más natural del mundo pues Belén ya era como de la familia.

Después de dos meses de relación amistosa y en el séptimo viernes de su tradición recién instaurado, llegó su primera y, durante años, única discusión fuerte entre ambas.

Belén y Eva jugaban en el cuarto de ésta última. Como en el exterior la noche era cerrada y fría, las dos tenían una sensación de mayor intimidad y confianza mutua que en una noche de primavera o verano. El tiempo hostil inducía a quedarse en casa y a sentirse acogido por el prójimo. En el salón, el padre de Eva hablaba con su único hermano (quien, a su vez, era el tío favorito de Eva, posición que ocupaba con notoria ventaja respecto a los tíos maternos). La charla giraba en tomo a los problemas de sus respectivos trabajos, que no debían de ser muchos puesto que sus voces eran tranquilas. Belén les oía hablar y perdía su concentración en el juego. La conversación de los mayores, aunque intentaba disimularlo, la embelesaba.

Admiraba el conocimiento con el que los adultos hablaban de cosas importantes y la soltura con la que movían las manos. La convicción con la que daban su opinión era, sin duda, consecuencia de un análisis riguroso y firme, y las posturas que adoptaban al andar o estar sentados, denotaban un control del cuerpo que ella no tenía. Todo esto provocaba que la distracción de Belén aumentase lenta pero inexorablemente.

La voz del padre de Eva la sacó de su ensimismamiento.

—Eva, Belén, ¿queréis venir un momento?

Belén y Eva acudieron presurosas porque suponían que la llamada les reportaría algo positivo. La madre de Eva llevó al salón una bandeja con tazas, un azucarero, una cafetera llena y los cubiertos correspondientes. Al ver tan insuficiente cargamento, Eva se impacientó:

—¿Para qué nos habéis llamado?

—Tranquila, hija, tranquila, ahora viene lo vuestro —comentó tranquilizador el padre quien, de inmediato, se fue corriendo a la cocina y volvió con otra bandeja con pastas de chocolate y un frasco de Eko.

A Eva y a Belén se les iluminó la cara, el chocolate las entusiasmaba sin importarles la forma en la que se manifestada tan rico alimento. La leche con Eko la toleraban pero no les apasionaba. Tomaban este producto, más que nada, por no sentirse discriminadas por los adultos, que bebían café y no dejaban disfrutar a los niños de esta sustancia, pues la consideraban demasiado excitante.

Belén estaba viviendo uno de esos fugaces instantes en los que un ser humano se siente feliz de pertenecer al mundo y no ambiciona, ni de lejos, que el mundo le pertenezca. La presencia de adultos opinando con ecuanimidad, las pastas de chocolate, los juegos con su amiga y el viernes, la llenaron de satisfacción. Cuando los mayores comenzaron a echarse el café en sus respectivas tazas, no pudo resistir el impacto estético y dijo:

—Me gusta ver cómo el café negro cae en la taza blanca y luego ver cómo cae la leche blanca en el café negro.

Eva se rio descaradamente de la tontería que había dicho su amiga, le parecía un comentario absurdo y sin sentido. Los padres de Eva sonrieron y se extrañaron por una afirmación tan extravagante y repentina, pero no dijeron nada. Eva, carente de la más mínima diplomacia, después de carcajearse, estuvo sonriendo durante un buen rato y, cuando todos creían que su hilaridad habla terminado, volvió a reírse con estruendo del comentario de su amiga. Este comportamiento lo repitió cíclicamente, con todas su fases incluidas, tres o cuatro veces en pocos minutos. Mientras tanto, Belén, aprovechándose de que a Eva la risa floja le impedía consumir a la velocidad habitual, daba cuenta de las pastas de chocolate y del Eko. Al final, ocurrió lo que tenía que ocurrir; en una carcajada, Eva espurreó su bebida por la alfombra. Una mezcla de achicoria con saliva, azúcar y trocitos de chocolate se distribuyó y se expandió por la superficie de dicha alfombra. La madre de Eva gritó desesperada y Belén se resarció con una risotada estentórea que parecía no tener fin.

Al poco tiempo todo pareció tranquilizarse. La madre de Eva limpió la alfombra de los desperdicios que, vía oral, había expulsado su hija. Después, la regañó sin excesiva voluntad y envió al par de mocosas a su sitio habitual, el cuarto de Eva. Luego, mostró su extrañeza a su marido y a su cuidado.

—No entiendo a estas niñas. No sé si es que no me acuerdo de cuando tenía su edad, pero este comportamiento no es lógico ¿Qué pasará con nosotros cuando lleguen a la edad del pavo?

Los dos hombres le dijeron que no se preocupase, que los niños modernos eran más descarados y desinhibidos.

—A los hombres todo os parece lógico y normal. ¡Cómo se nota que las consecuencias siempre las tenemos que padecer nosotras! —La tranquilidad masculina no convencía a la madre, quien se imaginaba grandes desastres futuros.

A esta opinión le siguió una corta y tópica discusión relativa a la diferencia de talante entre los hombres y las mujeres. Cuando terminó este debate, las aguas volvieron a su cauce y los interesados guardaron sus puñales sexistas.

Todo volvía a estar apacible y tranquilo y nada parecía presagiar que estaba a punto de producirse la primera crisis en la relación entre las dos nuevas pero íntimas amigas. Estaban otra vez en la habitación de Eva jugando tranquilamente y en perfecta armonía. Esta armonía no podía ser eterna porque ya estaban un poquito hartas de un juego que ya duraba casi dos horas. El juego consistía en que, con unos cuantos muñecos como instrumentos, las dos niñas se erigían en directoras y creadores de una «película»: había conflictos, buenos, malos y, sobre todo, finales felices. Construían unas tramas de las que siempre salían indemnes los muñecos que hacían los papeles de los buenos. Estos muñecos eran siempre los mismos, sus muñecos favoritos no podían ser los malos. El desenlace era previsible pero estas historias sencillas les divertían mucho, aunque, algunas veces, el par de creadoras se aburrían de sus propios argumentos. Pues bien, en el día que nos ocupa, el tedio empezaba a hacer mella en Belén y Eva. La única solución que encontraron consistió en la adición de más personajes. Belén bajó a su casa y cogió unos cuantos «clicks» de Famobil y tres muñecos de trapo. Los metió en una bolsa de plástico del hipermercado y los subió a casa de Eva. Ahora solo tenían que organizar las nuevas incorporaciones y encajarlas en el argumento. En esto tardaron relativamente poco y el juego continuó con un rumbo nuevo. El problema estribaba en que los personajes de estas historias, es decir, los muñecos, se veían sometidos a múltiples peligros y avatares: caían desde altos muebles, se agredían unos a otros con fuerza y eran golpeados de todas las maneras posibles. Esto fue la causa de la discusión en la que se enredaron nuestras dos protagonistas.

Eva quería que uno de los nuevos participantes llevara la peor parte en el desenlace de la trama (siempre tiene que sacrificarse uno de los buenos para que, a pesar de todo, la narración fuese verosímil y al final pueda resultar creíble). Según Eva, el sacrificado debía ser un ratón antropomórfico de trapo que era la mascota favorita de Belén. Esta dormía con su ratón, hablaba con él y, a veces, lo abrazaba. Belén le atribuía sentimientos y pensamientos humanos y de ninguna manera podía permitir que Eva pudiera romperlo. Aunque racionalmente era consciente de lo disparatado que resultaba su afecto hacia el muñeco, le gustaba convencerse a sí misma de su propia mentira. A la edad de Belén el mundo mágico de la infancia y la prosaica realidad están claramente diferenciados. Ella empezaba a ser consciente de que la segunda predomina sobre la primera. Sin embargo, Belén se resistía a aceptar la derrota y, en un rincón de su cerebro, el ratón seguía teniendo alegrías y padecimientos humanos. A Belén le irritaba no poder recordar sus primeros años de vida y tenía la falsa sensación de que el inanimado roedor guardaba su memoria de aquellos años. Evidentemente, no podía permitir que Eva incluyera el ratón en juegos peligrosos. Pero esta era extraordinariamente testaruda y no estaba dispuesta a ceder. Belén cogió el muñeco por los pies y Eva por la cabeza. Belén tiró fuertemente de él y el ratón quedó descabezado. La consternación de Belén fue tal, que tardó unos segundos en reaccionar. Cuando lo hizo, le propinó un sonoro bofetón a Eva, quien respondió con una acción muy similar pero más contundente, puesto que Belén cayó al suelo como un saco de patatas. Sin embargo, nada más caer, saltó como un resorte y se lanzó a por Eva, la cogió del pelo y las dos rodaron por la habitación hasta que la madre de Eva paró la pelea. Una vez separadas, ninguna de las dos se atrevió a separar los labios y callaron avergonzadas. Sin decir nada, Belén introdujo en la bolsa aquello que era de su propiedad y volvió a casa.

Belén estaba iracunda y congestionada. El golpe que había recibido le había dolido mucho, pero intentó no llorar para aparentar fortaleza y de ahí su congestión. Una vez fuera de la casa de su momentánea examiga, rompió en llanto. Este llanto fue exageradamente sonoro pero muy sincero. Mientras subía la escalera, sus lágrimas y el sonido gutural que las acompañaba iban remitiendo. Cuando hizo sonar el timbre de su casa, su catarsis ya terminaba. Su madre vio que los ojos de Belén no tenían buen aspecto.

—¿Qué te pasa, hija? —preguntó preocupada.

Belén le contó todo al detalle, exageró los datos que le convenían como la agresión recibida y, por el contrario, minimizó otros como el tortazo que ella misma le dio a Eva. Contó su interesada versión con la pasión y la naturalidad con la que los niños narran estas cosas. Todo resultó tan verídico que era difícil imaginar que todo o parte, pudiera ser mentira. Tras recibir unas palabras de consuelo de su madre, cenó desganadamente y se fue a la cama algo más tranquila.

Belén ya no estaba furiosa pero sí apenada. Los hechos pasaban por su cabeza una y otra vez de forma obsesiva pero inútil porque este repaso no conseguía cambiar nada. Con esta terca repetición, Belén pretendía buscar el instante en el que se había equivocado. No lo encontró, su único error fue el de haber bajado el ratón. Lo que había sido un acto de suprema confianza hacia su amiga se transformó en un enorme disgusto. Belén bajó su muñeco favorito porque esta era una manera implícita de sellar su amistad y Eva falló. Sintió que su ánimo se derrumbaba, llegó a pensar que quizá fuese exagerado darle tanta transcendencia a un objeto sin vida. Pero no, el ratón era algo muy importante para ella y su reacción había sido totalmente natural.

La única culpable era Eva, con su actitud le había dejado de un plumazo sin su talismán y sin su mejor amiga (que era la propia Eva, lo cual tenía mayor delito).

El ratón la protegía de los miedos infantiles, miedos que, en realidad, duran toda la vida y que no son más que el desamparo y la perplejidad que nos produce el hecho de existir. El cerebro de Belén todavía no estaba preparado para aceptar que la inseguridad y la incertidumbre son inherentes a la vida. Por esta razón, Belén se sintió muy sola y desorientada esa noche. Su mente necesitaba descansar y durmió profundamente. Cuando despertó era una persona distinta. En una noche había aprendido a enfadarse, a desenfadarse y a llorar en el momento justo. Con todo, la enseñanza más importante consistía en que ahora sabía que, incluso con las personas queridas, era posible tener importantes conflictos y malentendidos.

Belén se dispuso a desayunar. Untó la tostada con mantequilla, y la comió poco a poco porque estaba más relajada. Había dormido bien y tenía decidido el plan de su venganza. Una vez consumado este plan, intentaría arreglar el ratón.

Belén bajó al parque, se sentó en un banco y miró cómo los otros niños jugaban al rescate. El juego estaba a punto de terminar; así que esperó su final para jugar con ellos y proponer otro rescate porque, verdaderamente, este juego le encantaba. A los demás les pareció bien y comenzaron a distribuirse en dos equipos. Recién iniciado este proceso, llego Eva y quiso participar. Le asignaron el mismo equipo que a Belén. Las dos intercambiaron unas frases que, aun siendo rutinarias, rompieron el hielo. Llevaban jugando casi toda la mañana cuando el grupo empezó a romperse. Unos se fueron a correr a sus casas y los demás se separaron en pequeños grupos para disfrutar de una charla sincera e íntima con sus verdaderos amigos.

Belén se quedó con Eva y con Natalia. Esta última tenía la misma edad que Belén y le sacaba de quicio una chica de nueve años que se llamaba Ana. La crítica hacia Ana, ocupaba buena parte del tiempo libre de Natalia. En esta ocasión, Belén le dio la razón a Natalia en su crítica:

—Fíjate si es boba que, a su edad, no sabe que los Reyes Magos son los padres —dijo con apariencia de despiste.

Eva quedó demudada, no quería mirar a sus amigas a los ojos para que no se percatasen de su consternación y zozobra. No sabía qué gestos hacer para que no descubrieran su verdadero estado de ánimo. Su mente bullía y construía artificios retóricos y argumentos rocambolescos para justificar la existencia de los Reyes Magos. Pero la afirmación de Belén tenía la razón de su parte. Todo indicaba que su teoría era cierta. Eva se aisló por completo, las voces de Natalia y Belén sonaban de fondo pero no las escuchaba. Eva unió cabos: la familiar humanidad de los Reyes Magos explicaba que su primo Roberto tuviese siempre los mejores y más caros regalos, él era más rico. ¿Cómo podía tener Las Rozas tres Reyes Magos, Madrid otros tres y Carabanchel tres más? Los ojos le brillaron y le entraron ganas de pegar a

Belén. Pero esta charlaba tan animadamente que Eva pensó que el comentario de su amiga podría haber sido involuntario. Por este motivo no se decidió a iniciar una pelea y se despidió llena de pena:

—Adiós, me voy a comer a casa —acertó a decir Eva con la mirada puesta en la nada.

Belén sabía que en casa de Eva no se comía tan pronto. Eran, aproximadamente, las dos y cuarto y hasta las tres no se ponía un plato en esa casa. Belén, en vez de sentir satisfacción, se asustó. Lo que acababa de hacer le producía miedo y vértigo. Su conciencia le daba punzadas, se había comportado como los malos de las películas. Natalia advirtió que algo le ocurría a Belén e intentó que se lo contase. Belén no soltó prenda y se enrocó en un mutismo recalcitrante. En vista de lo cual, y para evitar que su insistencia provocase el enfado de Belén, Natalia también se retiró a su casa.

La comida, la sobremesa y la tarde del sábado no fueron como las hubiese deseado Belén. Cuando por la mañana ideó su plan para castigar a Eva, nunca pensó que su buen funcionamiento resultase tan amargo. Los remordimientos la atosigaban y la agredían sin descanso. Belén suponía que, seguramente, Eva también estaría pasándolo mal. Pero esto no la consolaba porque la tristeza de Eva (si existía) tenía pleno sentido y le aportaría conocimientos de la vida. Dejaría de creer en paparruchas y pamplinas acerca de tres señores entrando por las ventanas con dromedarios incluidos.

A Belén, el ataque de su propia conciencia se le antojaba injusto. Ahora entendía los dibujos animados en los que el personaje se desdoblaba: de la cabeza del protagonista salía otro protagonista pero más pequeño y con alas de ángel, que le decía al grande lo que tenía que hacer. En la ficción todo resulta muy sencillo, con hacer caso al pequeño don alado todo se solucionaba. Desgraciadamente, la realidad es más compleja, incluso en los problemas más cotidianos y leves, que una película o unos dibujos animados.

Belén se calmó y, como fruto de esta tranquilidad, pudo elaborar una estrategia para arreglarlo todo: el muñeco y su relación con Eva.

Reunió los enseres necesarios para reconstruir el muñeco y, como se sentía algo insegura, llamó a su madre para que se sentase a su lado y le asesorase en las dificultades. Luego, empezó a coser con tesón y confianza. En otras ocasiones había cosido objetos sin importancia tales como pantalones o zapatillas, pero esto era más importante y no podía fallar; por eso pidió la supervisión de su madre. Fue relativamente sencillo encontrar un hilo de color parecido al de la cabeza del muñeco. La mayor dificultad residía en que el cuello del muñeco debería quedar lo bastante consistente como para que el ratón no tuviese que ir el resto de su vida con la cabeza gacha.

Mientras reconstruía el roedor, su ánimo se fue tornando primero tranquilo y luego gozoso. Estaba resolviendo un problema de forma constructiva. Si hubiera actuado así desde el primer momento, no habría tenido problemas con Eva. Para arreglar el ratón necesitaba estar muy concentrada. Si conseguía abstraerse, además de reparar el cuello del ratón, dejaría de elaborar barruntos acerca de Eva y los Reyes Magos. Ahora Belén se sentía mejor. Al cabo de tres cuartos de hora, la cabeza del muñeco ya estaba cosida. Para dar el último toque a la reconstrucción del ratón, Belén necesitaba redistribuir el algodón y la espuma por el interior del muñeco. En la parte cosida no había relleno, por lo que tuvo que apretar y mover el muñeco varias veces con el objeto de que el algodón ocupase el cuello y que este obtuviese la suficiente fuerza como para sujetar bien la cabeza. Así, con la testa bien alta, quedaría a salvo el orgullo y la templanza del ratón y su dueña.

Cuando su labor terminó, se dejó caer en el sofá y estuvo el resto de la tarde viendo la televisión con una pereza y una desidia fuera de lo normal. Belén no salió a la calle esa tarde porque estaba agotada anímicamente. La tensión de su inútil venganza y el trabajo de paciente hilandera al que se había dedicado durante casi una hora, la dejaron absolutamente derrengada y sin ganas de hacer nada.

El orgullo y el arrepentimiento pugnaban por hacerse con el control del alma de Belén, pero hasta el domingo la lucha no tendría vencedor. La tarde del sábado tampoco fue buena para Eva porque no sabía cómo dar salida a su ira. Le entraban ganas de ir a casa de Belén y dar una bofetada aún mayor que el del día anterior, pero no se atrevió. Posiblemente, Belén hiciese el comentario de los Reyes Magos de manera fortuita. De hecho, Eva pudo comprobar que la conversación de su mejor amiga con Natalia había continuado con total normalidad, si bien Belén miraba de reojo, o eso parecía. Quizá no la miró de reojo ¿Había sido mera sugestión o realidad? La ausencia de un conocimiento total de la mente de Belén no le dejaba a Eva planear un castigo ejemplar porque, sorprendentemente, no estaba segura de la culpabilidad de su compañera de juegos y confidencias. De vez en cuando, Eva se distraía pensando en algo agradable que la alejaba de su tormenta interior. Entonces, de forma repentina y con la mente despejada y descansada, la culpabilidad de Belén se le hacía evidentísima. Esta certidumbre era el acicate de una nueva reflexión sobre Belén, dicha reflexión, en exceso prolija, terminaba en un mar de dudas porque era imposible adquirir una seguridad total acerca de la mala intención de Belén. Mas tarde, sus pensamientos volvían a escaparse hacia terrenos más agradables y pacíficos. Al terminar estos, volvía a tener plena certeza de la maldad de Belén y vuelta a empezar. «Además, nadie le obligó a Belén a traer el ratón, lo hizo porque quiso. Belén trae el muñeco y luego no quiere usarlo, no lo entiendo», pensaba Eva. Los artificios dialécticos de Eva para justificar su maltrato al muñeco no hacían que desapareciera su sensación de culpa. La madre de Eva interrumpió un par de veces los pensamientos de su hija con un prudente consejo: «lo que tienes que hacer es llamar a Belén y jugar con ella como si nada hubiese pasado». Este comentario no le hizo ninguna gracia a Eva y, por consiguiente, la madre optó por callarse. Eva no quería aceptar su culpa y, por eso, siguió construyendo elucubraciones y laberintos mentales de los que no sabía salir.

Finalmente, accedió a reconocerse ante sí misma que Belén no había sido la responsable de lo que ocurrió, por lo menos al principio. Tras admitir su error, Eva decidía reconciliarse con Belén. El problema estribaba en que no tenía una idea muy clara de cómo llevar a cabo la reconciliación. Su mente se puso en funcionamiento pero, después de una intensa reflexión, llena de incertidumbre e inseguridad, se fue a la cama sin un plan concreto que le permitiese hacer las paces con su amiga del alma.

Era domingo, nuestras dos protagonistas se habían levantado animosas, optimistas e inquietas. Debemos advertir que los niños hacen las paces con más facilidad que los mayores porque el elemento de la racionalidad no lo tienen tan presente como los adultos. No necesitan aclaraciones detalladas relativas a los motivos o a los porqués. Tampoco dan explicaciones que enmascaran excusas, ni necesitan que se les pida perdón de forma explícita. Los niños y adolescentes, simplemente, se limitan a actuar de un modo incompatible con la enemistad. Así actuaron Belén y Eva.

Belén rompió su hucha porque quería invitar a su amiga al cine y se puso muy contenta al comprobar que tenía dinero más que suficiente. Esta alegría duró poco pues inmediatamente recordó que las sesiones de cine, incluso la más tempranera, empezaban por la tarde y, hasta entonces, faltaban unas horas en las que no tenía muy claro qué debía o podía hacer.

Por el contrario, ahora sí que Eva lo tenía muy claro. Pensaba ir más allá del consejo materno. Salió de su casa con la intención de comprar chucherías y de adquirir algún regalo para Belén. En la tienda, además de gominolas, distintos tipos de regaliz y demás tipos de entes supuestamente comestibles, había un montón de muñecos. Estos muñecos eran pequeños y estaban tan mal confeccionados que no se parecían en nada a la que intentaban representar. Por ejemplo, la rana de trapo no se parecía a una rana; debido a su enorme cabeza y a sus anormalmente largas extremidades superiores, todo el mundo pensaba que era un marciano. Sin embargo, Eva no se iba a arredrar. Adquirió un ratón de lebruno aspecto y unos chicles de formas extrañas con los que se dirigió muy ufana a casa de Belén.

Para entrar en el portal, llama al timbre de su propia casa con la formalidad de que la sorpresa de Belén fuera mayor. Subió a pie hasta el piso de Belén. Según subía por las escaleras su corazón latía cada vez más deprisa, tenía miedo a una posible reacción negativa por parte de Belén y esto aceleraba mucho su pulso. En su interior se confundían el egoísmo con el altruismo. Por un lado, su necesidad de abandonar el sentimiento de culpa era muy fuerte y, por otro, su preocupación por el ánimo de su amiga era igualmente sincera e intensa. Al llegar a la puerta del 1° B, dudó durante dos segundos y, tras esta breve deliberación, hizo uso de una aldaba muy hortera que había puesto el padre de Belén y que casi provocó una ruptura matrimonial. Fue Belén quien abrió la puerta y con cuatro o cinco palabras de cada una (ninguna de ellas consistió en una disculpa directa) todo quedó arreglado. Belén le enseña a su amiga la mesa llena de dinero y le explica que no lo había contado pero que tenía dinero de sobra para ir las dos al cine por la tarde. Después empezaron a hablar y hablar. Belén no pudo evitar reírse de la fealdad del nuevo ratón y a Eva le pareció un adefesio el ratón rehabilitado porque, con esos kilos en el cuello, parecía un Frankenstein chapucero. Las dos rieron mucho, casi sin sentido, y se contaron innumerables cosas sin importancia.

Cuando ya estaban cansadas de hablar, bajaron al parque a jugar con los otros.

Por la tarde fueron al cine acompañados por el padre de Belén, quien no entendía que por una peleíta su hija echara por tierra unos ahorros y rompiera un trabajo de cerámica porque el cerdo, aunque muy elemental, era un trabajo de cerámica.

Al terminar, los tres volvieron a pie igual que habían ido pues la distancia era corta y no hacía falta emplear coche alguno. Eva y Belén se adelantaron y el padre de esta no se esforzó en alcanzarlas. El domingo había sido un día luminoso, el invierno se había tornado soleado por un día. La noche no podía ser luminosa pero era más clara que una noche invernal corriente, el cielo estaba repleto de estrellas y las dos amigas caminaban en silencio. No era el momento de hablar, el silencio entre dos amigos es la prueba suprema e irrefutable de su buena relación. Por tanto, las dos niñas peripatéticas, por el contrario, se recreaban en su mutismo. Las palabras lo reducen todo, incluso las realidades más abstractas e inabarcables, a un mundo lógico y ordenado. En cambio, dos personas calladas se transmiten plena y mutuamente sus pálpito y sensaciones sin esa labor de modificación y alteración a la que llamamos lenguaje.

Su relación ya no sería la misma, nunca se recuperaría la ingenuidad anterior porque ahora ambas sabían que nadie era infalible. Se había roto algo de forma indeleble, la inconsciencia inocentona de la infancia no volvería. Debido a su corta edad, seguían siendo personas activas, alegres, francas y naturales pero, de manera intuitiva, en el futuro su comportamiento sería más prudente y realista. Gracias a su nuevo y mayor conocimiento de lo ajeno, los lazos entre las dos eran más sólidos y estables pues estaban más fundados.

Llegaron a sus respectivas casas, cenaron y se fueron a la cama con muchas ganas, como si hubiesen participado en una durísima batalla. No tardaron mucho en caer en ese estado de fructífera inexistencia que llamamos sueño. Al día siguiente, al despertar, las dos notaron que una etapa de su vida se había cerrado e intuyeron, con mucha nitidez, que su amistad continuaría durante muchos años de forma más consciente y sólida. En tres días habían dado un paso decisivo hacia la madurez, algo que muchos adultos no hacen jamás, por mucho tiempo que vivan.

El alcaudón que habló con un juez

El alcaudón presumía en la rama mientras oteaba el horizonte. Estaba orgulloso del color castaño rojizo que lucía en su coronilla y parte trasera del cuello, pues lo consideraba como una bella señal de identidad. Su pecho era de un blanco inmaculado y el resto de su cuerpo, salvo las excepciones ya mencionadas, era un conglomerado desordenado y anodino de pardos y grises con algunas plumas negras. No era un animal muy dotado físicamente para la caza, pero los problemas los resolvía con una notoria astucia y con un contundente pragmatismo.

Su habilidad se despertaba a la vez que su hambre y nuestro protagonista ya había comido hacía algún tiempo por lo que sus miradas ya no eran aleatorias sino que tenían un propósito. Había visto algo que se movía poco pero lo suficiente como para saber que sí era un ser vivo. Se abalanzó sobre este animal que resultó ser un ratón algo pesado. Lo agarró como buenamente pudo y haciendo gala de toda su fuerza, lo subió fatigosamente a una zarza. Una vez allí lo clavó a las espinas más afiladas y firmes que vio. Le llevó algún tiempo realizar esta operación correctamente y que el roedor muriese del todo. Para ello le dio muchos picotazos. El alcaudón sabía perfectamente que su pico y sus garras no podían matar ni descuartizar por si solas al ratón y por ello se veía en la obligación de insertarlos en espinas para que así fallecieran lentamente antes de alimentarse. Él, no obstante, siempre intentaba acabar con la vida de los ratones del mismo modo que lo hacían los cernícalos y halcones para evitar caer en la crueldad. Sin embargo, la naturaleza era obstinada y sistemáticamente tenía que insertar a sus víctimas para devorarlas luego. Las patas del alcaudón eran sólo un poco más fuertes que las de un manso gorrión y su pico era ganchudo y algo más robusto y útil. En cualquier caso, estas cualidades resultaban insuficientes a la hora de romper letalmente la piel y entrañas de roedores incluso de lagartijas. Por este motivo, el pequeño depredador alado tenía que recurrir a rosales y zarzas. En este caso, el espinado arbusto se encontraba en una honda (para el tamaño de un alcaudón) pared natural que hacía las veces de ribera de un arroyo. El ratón tardaba en morir y llovía. La lluvia no era copiosa pero tampoco fina y el alcaudón se impacientaba pues no quería resfriarse. La zarza estaba lo suficientemente escondida para que el agua del cielo no le diera de lleno y a otros animales les resultase difícil robarle su merienda. Por fin, el ratón murió y pudo darse un festín. Los ratones no habían sido una presa habitual sino sólo ocasional hasta el día en que un gigante bípedo le salvó la vida.

Nunca fue fácil atrapar un ratón pero si lo conseguía resultaba más difícil aún cargar con él. También había que tener cuidado por si lanzaba alguna dentellada aunque generalmente el alcaudón conseguía atraparlo por el dorso y este peligro desaparecía. Sin embargo, un día decidió que los ratones serían un manjar habitual para él. Ese día observaba el campo con ánimo cansino desde un palo de telégrafos. No tenía mucha hambre todavía pero siempre resultaba preferible la previsión a los nervios propios de las prisas. Por tanto, trató de cazar al ratón que imprudentemente se había puesto en su radio de acción lanzándose contra él con rapidez. El ratón, quien a su vez se estaba relamiendo vaya usted a saber por qué, se apartó ágilmente en el último momento. El alcaudón se golpeó y falló pero eso no fue lo peor. El ratón estaba olisqueando un trozo de queso que estaba clavado en un recio pincho de una trampa. Al apartarse repentinamente el roedor, el alcaudón presionó el trozo de queso y la trampa atrapó el pájaro. El hierro que le inmovilizaba, además, presionaba su abdomen y le causaba un intenso dolor. Aleteó con fuerza e intentó salir del cepo pero tan sólo logró moverse unos metros. Entonces llegó un bípedo enorme que se encontraba acompañado de un perro blanco con manchas negras. El bípedo ordenó al perro que se sentase, cosa que él hizo de forma automática y sin pensar. El enorme ser utilizó el apéndice de sus extremidades superiores para coger la trampa, quitar el hierro y agarrar el ave. Miró con curiosidad al alcaudón y finalmente lo liberó de su martirio. Él huyó como pudo de allí y alcanzó una rama de un pino cercano desde la que miró con agradecimiento al alto primate sin pelo. No le extrañó que le soltase porque a estos seres no les gustan los pájaros de campo que viven en libertad y prefieren otro tipo de carne de ave. Tampoco les suele resultar buena la idea de que sus perros coman animales que disfrutan de una existencia salvaje pues generalmente les dan piensos y carne extraña. Así que la hipótesis más probable se confirmó en la práctica. De todas maneras, nuestro protagonista padeció un momento de fuerte tensión pues nunca existe una certidumbre total acerca de las reacciones de otros animales y los bípedos lo son. Afortunadamente, los actos del simio sin vello fueron los previstos y el pájaro pudo disfrutar de su vida y su libertad.

A partir de ese momento, el voraz pajarillo cambió sus hábitos de alimentación porque tenía una sensación de deuda con los primates de piel clara y lisa. Ellos detestaban a los ratones y por ello usaban esos artilugios tan peligrosos con los que sembraban sus casas y jardines. Por tanto, debía hacerles un favor y cazar ratones de forma habitual. El bípedo que le salvó, vivía en una casa de dos pisos con un jardincito. Esa casa se encontraba adosada a otra y esta a otra y así sucesivamente. No obstante, cada una tenía su jardincito y en uno de ellos estaba la trampa que le aprisionó. El perro del bípedo que le ayudó era pequeño y solía vivir en el interior de la casa, de manera que no había ningún problema en capturar ratones en la parcela o en las inmediaciones. Bastaba con evitar las trampas cuya forma ya sabía detectar nuestro alado amigo.

Este cambio en su dieta le fortaleció la musculatura pues era más trabajoso el atrapar y dar cuenta de un roedor que hacer lo propio con otras especies a las que estaba más acostumbrado. Sin embargo, la caza del ratón en agradecimiento a su salvador era su norma de actuación y esta pieza fue, desde entonces, su alimento principal.

Ahora que había comido su último ratón emprendió el vuelo hacia un lugar con árboles cuya densidad arbórea era superior a una dehesa pero inferior a un bosque. Allí vivía normalmente el alcaudón. Para llegar a ese lugar tenía que pasar una colorida pradera tapizada de amapolas, margaritas y hierbas de distinto tipo. Mientras sobrevolaba la mencionada pradera, el alcaudón vio cómo un gato golpeaba con sus manos y con ternura aparente a un ratón. Aprovechando que la hierba era alta y el ratón no podía correr con comodidad ni efectividad, el gato jugaba y demoraba el momento de la verdad. El felino lo hizo tan bien, que el ratón llegó a pensar que el gato sentía cierto cariño por él y que realmente lo único que quería era jugar con una finalidad puramente lúdica y no gastronómica.

El gato, después de dos minutos, se tragó al ingenuo animalito. Se relamía a la vez que el fino apéndice trasero del roedor salía de entre sus fauces. Luego lo engulló sin contemplaciones, eructó y se echó una pequeña siesta.

El alcaudón divisó este espectáculo pero no terminó de verlo por completo pues le resultaba incomprensible y degenerada la actitud del gato que disfrutaba jugando con su comida más que ingiriéndola y degustándola.

Llegó por fin a su árbol habitual (un pino) y en el empezó a pensar en la injusticia que había cometido la naturaleza con los alcaudones pues su astucia y agresividad no se veía apoyada por sus cualidades físicas. Eran pequeños, sus patas eran finas y su pico era algo más fuerte pero tampoco era un prodigio de eficacia cortante. El Creador estaba distraído y se equivocó de envoltorio, cosa que le hacía jurar en hebreo en algunas ocasiones.

Recordaba cuando era joven y le confundían con un gorrión. Al no haberse completado su crecimiento, su tamaño era el mismo que el de este común e indefenso pajarito. El plumaje de ave adulta con su correspondiente cromatismo no estaba instalado aún en su cuerpo y por ello, su aspecto carecía de su bella mancha castaña casi roja en coronilla y nuca. Alguna vez le vino bien la confusión pues en un par ocasiones, unas lagartijas se confundieron y se le acercaron demasiado. Aprovechó la oportunidad y disfrutó de la comida. Aun así, puesto que su habilidad para la caza era más que correcta y no necesitaba de regalos para vivir, le molestaba que algunos animales pensasen que él era un gorrión. Esta especie tenía algunas habilidades envidiables como una agilidad prodigiosa y un virtuosismo en el vuelo que para sí querría nuestro protagonista. De todas maneras, estas cualidades eran propias de un pájaro al que la naturaleza le había hecho temeroso y huidizo (características que no eran típicas de un alcaudón) y que nuestro pequeño y voraz conocido no admiraba demasiado. Eso sí, tenía que reconocer que en el gorrión sí que había coherencia entre su físico y su instinto. El alcaudón, como casi todas las especies, despreciaba a aquellos que tenían defectos de los que él carecía y sobrevaloraba sus propias virtudes, así que le disgustaban los gorriones y no soportaba que pensasen que él era uno de ellos. Gracias a Dios, se hizo adulto y el marrón rojizo en cabeza y cogote hizo su aparición así como el resto de sus cualidades adultas.

El alcaudón pensaba en estas cuestiones mientras terminaba de digerir el ratón en sus intestinos. Se decidió a volar solo por entretenimiento y no para cazar a pesar de lo cual veía cómo las lagartijas se escondían a su paso. Sobrevoló la misma zona en la que el gato jugaba obscenamente con el ratón y vio al felino cruel beber un líquido, quizá para aligerar la ingestión del roedor. Era un líquido de un color parecido a la orina y el felino parecía deleitado con él. El alcaudón se posó en el suelo y miró desafiante a un vencejo que no podía hacer lo mismo y no podría nunca probar el misterioso líquido. No era muy probable que un gato con el estómago lleno intentase cazar a un pájaro. Sin embargo, el alcaudón prefirió ser prudente, mantener una distancia de seguridad y quedarse alejado unos metros. El rastro del líquido llevaba a un recipiente de cristal que tenía un cuello delgado y un cuerpo ancho. En la etiqueta ponía *whiskey* además del nombre de la marca y otros datos menores. El agresivo pajarillo esperó que el gato se hubiese saciado y aguardó su turno. Se acercó y tras catar un par de veces el líquido, lo bebió con gusto y abundancia ya que esa sustancia le reforzaba el cuerpo y le daba calor. La primera sensación de la bebida era algo áspera y no resultaba fácil tragarla pero una vez hecho, el esfuerzo merecía la pena.

Cada segundo que pasaba estaba más contento. Ahora se sentía capaz de pelear contra un águila y vencer, pero la realidad era otra: su vuelo era más inestable, lento e inseguro. Su alegría se veía acompañada de un dolor de cabeza que se iba haciendo más intenso poquito a poco. El vuelo irregular no le impidió ver un cadáver en medio de la calle. El gato había sido atropellado, seguramente, por uno de los metálicos aparatos motorizados de los bípedos. Estos utilizaban este sistema para desplazarse de un lugar a otro porque eran una de las especies más torpes y lentas que existían en el planeta. El agradable líquido había disminuido las capacidades motrices y mentales del felino por lo que había sufrido un accidente. El alcaudón decidió refugiarse antes de que fuese demasiado tarde y le ocurriera algo similar así que acudió a su árbol habitual y buscó un hueco que había en la parte alta del tronco. Allí estaba bastante seguro pues el árbol era alto y las ramas abundantes con numerosas hojas que caían sobre la entrada al refugio tapando la visión de este. Aunque las hojas eran como agujas finas, se prodigaban en cantidad más que suficiente y permitían que el pájaro se sintiese seguro oculto en ese escondite. El alcaudón, pues, se introdujo en el mismo y se quedó dormido.

El alcohólico sueño parecía ser placentero porque en él, este agresivo parajillo cazaba un hermoso ratón de bonito y sedoso pelo que, con toda certeza, era el preludio de una carne tierna. Empero, la continuación del sueño no fue tan placentera para nuestro protagonista como él creía. Por más que alzaba el vuelo y buscaba con sus ojos, no vislumbraba zarza alguna. Ni siquiera veía rosales en los jardines anejos a las casas de los simios sin vello. Intentó volar un poco más alto y lo logró. Con más perspectiva, habría más posibilidades de encontrar un lugar adecuado. Sin embargo, seguía sin atisbar nada de utilidad. Ni siquiera había muñones de ramas que fuesen lo suficientemente puntiagudos como para clavar su presa. El cansancio comenzaba a hacer mella y el hambre también. El ratón todavía no había muerto del todo pues sentía aún su débil respiración. El peso del roedor se iba haciendo progresivamente más fuerte que la energía del aleteo. En un momento dado el cansancio y la angustia se unieron y el pájaro sufrió un infarto. Ambos (depredador y víctima) cayeron sobre el suelo y el interior de sus cuerpos reventó sin que esto apenas dejase muestras en su apariencia externa, salvo en las cabezas que sí que aparecían dañadas en su parte exterior. En el momento del impacto, el alcaudón despertó sudoroso y agobiado, pero al comprobar que todo había sido una simple pesadilla volvió a dormir y se sumió en otro sueño.

Esta vez había un tribunal de sombras informes togadas y con peluca que, en un número no menor de cincuenta, resolvían todos los asuntos que les iban llegando. Tan inusual órgano jurisdiccional debía decidir sobre la culpabilidad o inocencia de un gato. Era el mismo gato que despanzurrado en la calzada había estado jugando con un ratón y bebido después el líquido alcohólico. No obstante, ahora estaba físicamente indemne e intacto.

Uno de los magistrados indefinidos hablaba con dureza al gato. El alcaudón y el gato acusado pronto vieron cómo la forma tomaba poco a poco la apariencia de roedor gigante, al igual que los demás miembros del singular tribunal. El ratón que tenía el cargo de presidente y portavoz del tribunal, emitió unas palabras de condena infernal al gato quien en un maullido de desesperación inefable cayó al averno flameante.

Luego le tocó el turno al alcaudón. El gran roedor que presidía el masivo organismo, con voz poderosa dijo:

—Ahora le toca el turno al Sr. Lanius Senator.

El alcaudón permaneció quieto hasta que los gritos y los gestos de los ratones le hicieron colocarse en el lugar en el que antes estaba el gato.

—¿Es que no sabe usted ni su propio nombre? —inquirió con tono orgulloso el magistrado.

—Yo siempre me he llamado simplemente alcaudón común.

—Pues su nombre científico y oficial es Lanius Senator —respondió el ratón.

—Me gusta. Suena muy rimbombante y patricio. ¿Qué significa? —preguntó el pájaro.

—Pues no lo sé. No sé latín —admitió el portavoz del tribunal.

—Yo sí lo sé —gritó un viejísimo juez—. Yo me comía los restos de pan y queso en la residencia de Octavio Augusto y...

—¡A callar! No nos interesa tu larga y absurda vida —ordenó el ratón portavoz.

El alcaudón mostró su extrañeza acerca de la extensa vida del ratón latino y el magistrado-jefe le explicó que las almas viven mucho tiempo, pero que también mueren y que luego sobrevive el alma del alma.

—O algo parecido, pero la verdad, tampoco lo sé con certeza. En cualquier caso, este ejemplar —dijo mirando al ancianísimo ratón romano—, ya superó la media de longevidad álmica.

Ante las protestas de los demás miembros del tribunal por las divagaciones, el presidente-portavoz empezó a leer los cargos. Básicamente se le acusaba de asesinar en serie a muchos ratones y de producirse con crueldad contra ellos. No era necesario que argumentase nada, pues el tribunal conocía todos los actos de su vida. Deliberaron durante muy pocos segundos y con su imponente voz, el magistrado presidente le dijo que le absolvían de sus cargos. Su comportamiento había sido inevitable y forzado por su naturaleza y esencia. El pájaro necesitaba comer y no se le puede echar en cara a nadie que se guíe por su instinto de supervivencia. También valoraban que debido a su escasa fuerza, a su ridículo pico y no menos patéticas patitas, no tenía otra opción que dejar atravesadas y pinchadas a las víctimas para que estas terminasen de morir. Una vez allí clavadas podían ser horadadas por el pico del alcaudón para que este pudiese alimentarse y proseguir con su ciclo biológico. Por tanto, esta avecilla no tenía culpa alguna. El gato, en cambio, jugaba con los ratones por pura crueldad. Él gozaba más con el sufrimiento ajeno que con el beneficio propio.

Por consiguiente, el castigo para él había sido proporcional a su maldad. El alcaudón preguntó si iría al cielo pero los ratones se rieron al oírle. El presidente-portavoz de los magistrados, con algo de sorna, le comentó que la absolución conllevaba volver al planeta tierra en el lugar y tiempo en que lo dejó. Al fin y al cabo, el pajarillo voraz había cometido actos graves contra los ratones aunque propiamente no fuera culpable de los mismos.

El alcaudón comprendió su situación y la aplastante lógica de la justicia roedora, así que acató la decisión sin protestar. Eso sí, decidió interesarse por el infierno al que fue arrojado el gato. Los ratones le dijeron que era un teatro organizado solo para asustar al felino pero que, en realidad, el abismo era solo un camino hacia la reencarnación. El magistrado portavoz-presidente le comentó que el horrible gato se reencarnaría en un ratón en algún lugar en el que fueran abundantes los gatos y depredadores alados y de todo tipo.

—Entonces no hay tanta diferencia entre una condena y una absolución —protestó el ya absuelto animal volador.

—Sí que hay diferencia. Ni te imaginas cómo sufre un ratón pequeño e indefenso en libertad cuando vive en un sitio lleno de gatos, humanos, rapaces, etc. No le voy a explicar nada más a usted porque nos llevaría mucho tiempo. Así que, señor Lanius Senator, puede irse —le instó el magistrado presidente.

—¿Adónde voy? —dijo el alcaudón mostrando un sentimiento de desconcierto realmente notorio.

—Vuela hacia el oeste —le dijo el ancianísimo que fue contemporáneo de Octavio Augusto.

Los demás corroboraron las palabras del viejo señalando el punto hacia el que debía dirigirse el alcaudón.

Este es hizo caso y voló hacia un triste, eventual y transitorio (pues todos los seres terminan muriendo) purgatorio, de hecho pues así lo percibía ya que creyó, por un momento, que iría al paraíso.

Seguía volando hacia el oeste pero no veía nada. Parecía que el universo estuviese hecho, en su totalidad, de un aire de color azul celeste. Por fin, divisó a lo lejos un planeta y en ese momento sufrió un desmayo.

Inmediatamente, despertó en el interior del hueco del árbol en el que estaba durmiendo la mona. No se encontraba mal porque el alcohol estaba casi todo metabolizado ya. Sacó entonces su cabeza al luminoso exterior y se atrevió a emprender el vuelo. Este vuelo fue firme y veloz. Los efectos del *whiskey* se habían terminado. Desde el cielo vio el gato con las entrañas fuera y cómo de ellas salía un ratoncito que cruzó con éxito la calle. Luego se metió en un jardín de una vivienda humana y desapareció de la vista del enérgico pajarito. El alcaudón no hizo ningún intento de cazarlo pues no tenía hambre. Pensó que era mejor volver a su árbol habitual y emprendió el regreso. En la pradera había dos grandes bípedos masculinos adultos pero aún jóvenes acompañados de sendos perros. Uno de ellos era rubio y el otro moreno. El rubio le decía al otro:

—Mira. Esa es la botella de *whiskey* que se te cayó después de mi despedida de soltero.

—Sí. Por aquí atajamos y estábamos tan perjudicados que ni siquiera la buscamos. Mejor. Si vuelvo a casa con una botella a medias y tambaleándome, mi mujer me mata —contestó el moreno.

El alcaudón no entendía bien el idioma de los bípedos pero no le importaba demasiado lo que dijeran. Una vez que llegó a su árbol de descanso se posó en una rama firme y vio cómo un saltamontes se metía por una ranura entre dos rocas. Su cuerpo todavía no había asimilado totalmente el último alimento pero tenía claro que cuando lo hiciese ya no cazaría más ratones. El sueño había sido demasiado real y ya había compensado sobradamente a los bípedos por su buena acción. Volvería a alimentarse de lagartijas, insectos y alguna incauta avecilla que fuese aún más pequeña que él. Nunca más quería verse de nuevo ante ese tribunal terrible aunque lo absolvieran. Simplemente deseaba que no le juzgasen nunca. En la monstruosidad del sueño se habían invertido las normas de la naturaleza y los ratones eran más poderosos que los alcaudones e incluso que los gatos. No pensaba volver a ese universo aberrante.

Por tanto, tomó la decisión irrevocable de no volver a mirar a ningún roedor ni a beber ningún líquido envasado por los bípedos que autocalifican como inteligentes. Nunca jamás volvería a hacer tales cosas. Nunca.

Un súcubo de ébano

Encontré hace algo más de un año, en un archivo oficial británico, un manuscrito al que nadie había prestado mucha atención hasta entonces. Prefiero no mencionar a qué institución pertenecía el archivo ni tampoco la identidad del autor del documento por motivos que el lector comprenderá más adelante. Afortunadamente, el texto estaba en inglés y no en hindi —como cabía de esperar por la nacionalidad del hombre que lo escribió— y pude entenderlo sin demasiadas dificultades al menos en lo que respecta al idioma, pues los hechos relatados eran muy confusos. El referido autor lo había redactado con ánimo de relativa autocrítica pero su heredero y/o la Administración del Reino Unido no debieron considerar muy adecuado darlo a conocer ni tampoco declararlo secreto así que allí me lo encontré, en el limbo de los documentos orillados y no escondidos. Dicho manuscrito resultó ser mucho más relevante que la investigación histórica que me había llevado a Inglaterra y que tuvo un resultado más bien discreto.

A través de conocidos británicos y de la Universidad española de la que soy profesor, que tenía un convenio de colaboración con una homóloga londinense, conseguí que me recomendaran para lograr los permisos necesarios y tener así acceso a los fondos documentales de algunos organismos y fundaciones. Me correspondían por ley algunas semanas libres de docencia y que podía dedicar a la investigación así que las aproveché y recalé en Londres.

El primer día lo dediqué a ordenar todos los papeles y archivos informáticos que tenían relación con los temas relacionados con mis indagaciones académicas y que se plasmarían en un futuro libro. El piso que me sirvió de alojamiento durante mi estancia londinense pertenecía a un modesto y sosegado micromundo formado por tres o cuatro vías públicas, cosa relativamente común en las grandes ciudades. La calle (y las adyacentes a la misma) en la que se encontraba mi eventual residencia estaba compuesta por edificios de escasa altura que ya tenían algunas décadas a los que había que sumar algunas viviendas adosadas de dos pisos que disfrutaban de un aire más campestre que urbano.

Muy cerca de allí teníamos una pequeña plaza recoleta y florida que estaba equipada con bancos en los que sentarse y árboles poderosos en cuanto a madera y ubérrimos en su verdor. Estos contundentes elementos vegetales, además de recrear la vista, poseían la curiosa virtud de brindar protección a los humanos contra el sol en las escasas ocasiones en las que en Gran Bretaña esto pudiera ser necesario. El resto de los días los árboles se dedicaban a dar sombra sobre la sombra tradicional en el país. A pesar de la habitual grisura general, la plaza era amable y también sosegada, sensación que se veía favorecida porque los habitantes de la capital británica parecían desconocer su existencia y permitían que se pudiese disfrutar de la misma casi en soledad. En resumen, en mi hogar circunstancial y sus alrededores la tranquilidad y el silencio eran mucho mayores de lo que podía esperarse en una hipertrofiada urbe como Londres.

En cambio, para trasladarme al organismo oficial en donde se localizaba el archivo que servía de soporte a la primera parte de mi investigación, sí tenía que imbuirme de ruido y de los demás inconvenientes de una metrópoli populosa pero gracias a Dios el itinerario no era largo (a veces lo hacía caminando y no en taxi o transporte público).

La primera vez que estuve en el referido archivo me sorprendió la exagerada amplitud del mismo. Estoy acostumbrado a magnitudes ineficaces y voluminosas (trabajo para la Administración en un vetusto centro académico masificado) y aun así, me sorprendieron las dimensiones de dicho archivo y el hecho de que en el mismo no sobrase casi espacio por la cantidad de documentación que albergaba. No sé cuantos kilómetros podrían sumar las estanterías si se pudieran situar una detrás de otra en línea recta pero debían de ser muchos. En una ocasión se lo pregunté al archivero quien me contestó haciendo referencia a una unidad que no tenía nada que ver con el sistema métrico decimal por lo que mi ignorancia siguió siendo la misma que antes de manifestar mi curiosidad. Puesto que mi interés mental estaba focalizado en otras cuestiones, me olvidé tanto de la denominación de la unidad como de su número, así que tampoco pude realizar multiplicación alguna con la posterior ayuda de internet. Tampoco reiteré nunca la pregunta pues el encargado del archivo no destacaba por su simpatía y se trataba de un tema anecdótico.

Justo al día siguiente en que había mostrado mi curiosidad por la hipotética extensión longitudinal de la totalidad de las baldas, encontré el manuscrito que causó mi asombro. El documento en cuestión estaba relacionado con la Segunda Guerra Mundial de una manera extraña y vinculada a una supuesta lucha astral entre facciones sobrenaturales.

Yo sabía que hubo una pareja de místicos hindúes, un hombre llamado Sri Aurobindo y una mujer llamada Mirra Alfassa (más conocida como La Madre) que afirmaron que el mandamás del bigotín había recibido una interferencia sobrenatural provocada por ellos con la intención de confundirle. Según ellos, el ex cabo contactaba con un ser demoníaco que le poseía (luego matizaremos esto porque quizá hablamos de un proceso más complejo que la simple posesión) le orientaba y le aconsejaba. Por tanto, si ellos creaban un ente igual a este ser diabólico podrían contactar con el líder de Alemania y, de esta manera, convencerle de que debía atacar la Unión Soviética y extender la Gran Germania por el territorio de los eslavos infrahumanos. El par de místicos pretendía que, como consecuencia del empleo de importantes recursos humanos y materiales, Alemania se resintiera en muchos aspectos y perdiese la contienda. La resistencia de la URSS supuso a medio plazo un obstáculo insalvable para un ejército que tampoco había sido capaz de invadir Gran Bretaña. Sin embargo, el Gran Guía del pueblo germano resolvió personalmente llevar a cabo la Operación Barbarroja (fecha incluida) mientras sus generales, rebosantes de racionalismo prusiano, se tiraban de los pelos y se daban contra la pared a causa de una decisión tan atípica. Asimismo yo era conocedor de una frase del engreído Charlotín cuando un mariscal quejumbroso le mentó la Meteorología:

—¿Y el invierno qué? —adujo el militar.

—Del invierno me encargo yo —respondió impávido y convencido el ex cabo y ahora todopoderoso líder.

Realmente desconozco si estas fueron las palabras literales del Gran Guía pero en cualquier caso se le parecieron mucho. Como este tipo de comentarios pueden deberse más a un trastorno mental que a la tenencia de unos poderes reales, nunca le presté mucha atención a la anécdota. Es evidente que Hitler creía que contactaba con entidades del otro lado, aunque esto no implicara que dicho contacto fuese cierto.

Empero, mi visión sobre el desarrollo de la guerra cambió cuando leí el referido documento. No era muy extenso así que lo fotocopié después de pedir el correspondiente permiso y lo llevé a mi apartamento para leerlo detenidamente y sin prisas. El texto hizo que yo comenzase a dudar seriamente de mi escepticismo nato. Tengo pues que aclarar que mi escepticismo responde al estricto significado de la palabra. Es decir, no soy negacionista sino que dudo por sistema. Por tanto, siempre tuve una rendija abierta a aceptar la veracidad de la hipótesis paranormal de algunos casos muy concretos. Sin embargo, después de leer dicho documento se me disiparon casi todas mis dudas y, en consecuencia, ahora considero que la hipótesis paranormal es la más plausible en la mayor parte de los supuestos en la que esta se plantea.

El texto estaba fechado en noviembre de 1972 e iba dirigido a un hombre que fue Ministro de Su Graciosa Majestad en los años 70'. Debido a que se dirigía a él por su nombre y apellidos —sin hacer referencia a cargo alguno— el político (supongo) lo consideró un documento personal, por lo que pudo regalarlo sin problemas legales ni reglamentarios al archivo.

Así que, una vez expuestos los datos previos más básicos y esenciales, paso a transcribir el manuscrito:

> «Yo, Rajiv X, perteneciente a (aquí se menciona la casta y subcasta de las que formaba parte el autor pero he preferido obviar estos datos así como su apellido porque son poco relevantes y además, podrían ocasionarme algunos problemas) declaro en este escrito que nosotros, la plana mayor de la sociedad Y (tampoco considero prudente nombrarla), fuimos los responsables últimos de la invasión de Alemania a la URSS en el año 1941. Aunque la sociedad fue disuelta hace unos pocos años, ninguno de

sus miembros quiso reconocer públicamente lo que voy a relatar a continuación. Yo, por el contrario, sí que creo oportuno que se sepa la verdad al respecto.

Todo comenzó a principios del año 1941. Estábamos en nuestro grupo realmente preocupados por el ascenso y consolidación del Monstruo Georgiano Bigotudo. Sus crímenes, sin duda mayores de lo que nos han querido trasladar los británicos que son nuestra principal fuente de información, debían ser detenidos de inmediato. Nuestro Alto Comité estaba formado por doce varones con un conocimiento superior del yoga y de otro tipo de materias que no voy a mencionar ni explicar pues son prácticas secretas que deben seguir siéndolo.

Los miembros del comité nos encontrábamos horrorizados no solo por el bolchevismo sino por algunos valores occidentales que traen eso que llaman democracia: igualdad de derechos y sociedades aconfesionales. Todo eso nos parecía un dislate que iba contra la esencia humana. El Gran Guía ario a pesar de su ridículo bigotillo y su apariencia risible había tomado cartas en el asunto. Los indo-arios y los germanos compartíamos un origen común y esta circunstancia coadyuvó a que Hitler comprendiera el valor de nuestros símbolos más sagrados cuya energía sagrada le ha dado fuerza. Pensábamos que solo él podía parar al Monstruo Georgiano Bigotudo y de paso esa aberración democrática liberal que existe en Gran Bretaña, Estados Unidos, Francia, Suecia, etc. No entendíamos la ceguera y beligerancia contra Alemania de gente de orden como Winston Churchill, el rey de Noruega o alguna gente importante de aquí en la India como por ejemplo Sri Aurobindo.

Todas las personas juiciosas saben que los seres humanos son desiguales por naturaleza y que esta desigualdad debe ser respetada para que funcione el ciclo de la metempsicosis. También es algo claro y evidente que solo de ese proceso pueden salir los iniciados como nosotros y siempre después de muchos años de esfuerzos en esta y otras vidas. La religión o lo sobrenatural son factores que deben ir profundamente ligados a la política y al Estado. Todo esto lo comprendió el gran líder germano. También es una obviedad que las ideas de igualdad de derechos legales entre las personas (al margen su grado de formación o desarrollo espiritual) son una monstruosidad que lleva de forma necesaria a que el vulgo busque después la igualdad socioeconómica y que su barbarie termine imponiéndose por la fuerza. Asimismo la sociedad aconfesional conlleva que la mayoría de la gente se acostumbre a vivir sin espiritualidad ni religión y que por tanto se vean abocados al más abyecto materialismo. Los occidentales no entienden que el liberalismo y el socialismo (mal llamado) moderado ponen a las naciones en la pendiente del comunismo al partir de la misma base que este: la igualdad entre seres humanos y la irrelevancia política de la espiritualidad. Al menos, los bolcheviques no disimulan y llevan a cabo su programa de manera cruenta y sin hipocresías; no intentan engañar llevándonos a un desastre absoluto a plazos.

He redactado el párrafo anterior en presente porque sigo opinando lo mismo aunque esta opinión fuera la base de nuestro error: no darnos cuenta de la inmensa maldad del bigotín austriaco. Nuestra esencia ideológica no era mala de suyo; simplemente debimos mantener la cabeza fría y ser fieles a nuestros principios compatibilizándolos con la lucidez a la hora de analizar la coyuntura temporal. Sin embargo, esto no ocurrió e infravaloramos la oscuridad del ex cabo solo porque era el enemigo de nuestros enemigos. Ahora sería sencillo para los demócratas materialistas destrozarnos con una crítica brutal y llena de buenos argumentos por nuestro apoyo a los agresivos germanos pero, en aquel entonces, carecíamos de los datos que tuvimos después acerca de sus sistemáticos crímenes. Tampoco podíamos saber que los regímenes de la órbita del Monstruo Georgiano Bigotudo iban a resultar menos expansionistas y más contenidos de cara al exterior que los germanos. El hecho de que el demonio colonizador británico fuese el enemigo común de Alemania y de los patriotas indios fue clave para opacar nuestra mente. Por consiguiente, apoyamos a Ghandi y mostramos nuestra disconformidad respecto a que los jóvenes indios combatieran alistados en defensa de los invasores cosa que, en nuestra opinión, era una aberración y una contradicción en sus propios términos.

Por todo ello y ante la gravísima situación internacional de la época nuestro grupo tenía que hacer algo. No era fácil llevarla a cabo en la práctica pero nuestra estrategia era sencilla en su planteamiento: primero intentaríamos entrar en la mente del demonio georgiano y si la ejecución de este proyecto fallaba, buscaríamos alguna alternativa. Una vez dentro de su mente pensábamos inducirle a atacar Alemania de manera repentina.

La referida acción bélica supondría el hundimiento de la Unión Soviética por su manifiesta inferioridad ante el III Reich, quedando la URSS además en una situación de descrédito internacional por no saber cumplir sus compromisos pactados. La demostración de la fuerza alemana en el Este y la posibilidad cierta de acabar con el comunismo producirían en el Reino Unido (y Churchill no podría hacer nada) la voluntad de acordar una paz con Hitler. Estos planteamientos reposaban en los cimientos de nuestra razón y nuestras visualizaciones canalizadas que poseían una nitidez bastante alta.

Sin embargo, nuestra acción chocó reiteradamente contra un muro invisible realmente sólido y fuerte. El bigotón georgiano no era creyente en la religión ni en la trascendencia, por lo que sus poros astrales y físicos estaban cerrados y su conciencia no presentaba resquicio alguno. Algunos de mis compañeros llegaron a deducir que Stalin era una máquina biológica y no un ser humano. No fue esta una idea pacífica pues en este aspecto existía entre nosotros una división de opiniones: unos pensaban que el bigotudo georgiano era un ser humano muy apegado a lo material por lo que no podíamos influir en él debido a su altísima densidad y otros, por el contrario, decían que Stalin era una simple máquina de carbono dirigida por algún ente externo a la humanidad. No conseguimos consensuar una conclusión conjunta y aunque yo me inclinaba por la primera opción, debo reconocer que la segunda no era descartable.

En cualquier caso sí que estábamos de acuerdo todos en que el bigotudo estaba protegido. Había encargado a alguien que le blindase contra agresiones sobrenaturales y esta dificultad se unía a la naturaleza (ya descrita) del propio personaje. No era una incoherencia que el mandamás soviético se hubiera preocupado de protegerse pues, aunque nuestro enemigo tuviese una ideología materialista, seguro que albergaba en su cerebro al menos un 0,1% de dudas. De manera que su actitud de cerrar la muralla con ayuda no nos sorprendió.

La mejor prueba de la protección parapsicológica del zar rojo la tuvimos en nuestra primera tentativa ya que después de dos agotadoras horas de esfuerzo de inoculación mental, descubrimos que nuestro trabajo estaba focalizado en un *mujik* de la estepa debido a que nuestro hábil contendiente había llevado la imagen del padrecito comunista al cuerpo del campesino. Realmente no sé si es correcto utilizar el término *mujik* en el régimen soviético pero este señor era un paupérrimo trabajador agrícola de largas barbas. Supongo que el campesino sufriría una inmensa ansiedad al comprobar que su mente le inducía enérgicamente a tomar la decisión de invadir Alemania. Es probable que terminase internado en un manicomio o en un gulag pues su locura tenía tintes políticos. También resultaba posible que consiguiese tranquilizarse por sí mismo y continuar con su mísera vida de trabajo y frío.

Este contratiempo no nos desanimó porque todos nosotros visualizamos el rostro del protector de Stalin y simplemente era humano varón. Él fue identificado en nuestras investigaciones posteriores como Wolf Messing, un judío polaco huido de su país al que el bigotón puso bajo su mando cuando comprobó sus inmensas dotes paranormales.

No obstante, nosotros estábamos convencidos del éxito en nuestro propósito y volvimos a la carga pero en los dos intentos siguientes nuestra acción, que por el mismo error recayó en sendos altos funcionarios del Kremlin, volvió a frustrarse. Estos se llevaron una ración de mensajes implantados y dieron con sus huesos en una cárcel siberiana ya que el Monstruo Georgiano Bigotudo pensó que la pareja de camaradas burócratas querían convencerle de algo imprudente e insensato.

Aunque desmoralizados, pusimos en práctica tres veces más el envío de mensajes astrales subliminales al Monstruo Georgiano Bigotudo. Creemos que en estas ocasiones Messing nos permitió ejercer nuestros actos para medir la resistencia de Stalin, que a la postre resultó ser mucha. En estos últimos tres intentos tampoco logramos nada aunque sí que conseguimos llegar a la superficie del cerebro del Monstruo Georgiano Bigotudo. Sin embargo este era sólido como una roca; tanto que incluso podíamos percibir (quizá erróneamente) que sus átomos estaban tan cercanos entre sí que se tocaban sin dejar espacios libres.

En cualquier caso, tuvimos que aceptar que habíamos fracasado por lo que acordamos implementar en el ex cabo austriaco un mensaje similar de contenido inverso: el II Reich debía invadir la URSS. No queríamos que los alemanes desempañasen el papel de agresores frente a las otras naciones pero no tuvimos otra elección pues esta era la única vía para la consecución de nuestro objetivo. Esta meta no era nada fácil de alcanzar ya que nuestra actividad resultaba agotadora y debilitadora para nuestras almas y cuerpos. Teníamos que pasar dos o tres horas meditando en una postura corporal concreta para sincronizar nuestros latidos del corazón y vibración álmica. Luego, nuestro Maestro-Director iniciaba el viaje a la vez que recitábamos un mantra secreto. Inmediatamente después enviábamos nuestro mensaje telepático al unísono sobre la red neuronal del sujeto en cuestión. Cuando finalizaba nuestra sesión de inserción telepática, nos encontrábamos tan derrengados que no podíamos efectuar un nuevo intento hasta cuatro días después. Por tanto, a nuestro bajo ánimo por los intentos frustrados había que sumarle nuestra evidente debilidad en el sentido biológico y astral del término. Con todo, estábamos dispuestos a seguir adelante, esta vez con Hitler.

La URSS era un país sin apoyos de los otros planos de la multirrealidad, como sí que los tenía el gran líder de Alemania. Por otro lado, todo el mundo conoce la falta de capacidad productiva del sistema bolchevique a la que hay que añadir la sempiterna y melancólica pereza eslava. Por consiguiente, los soviéticos no tendrían muchos medios bélicos que oponer a los arios y la URSS entraría en colapso, logrando nuestra sociedad secreta el fin del bolchevismo y de paso evidenciar el poder del III Reich frente a las lamentables democracias liberales.

A través de nuestro poder basado en la luz, convenceríamos al todavía dubitativo y reluctante Guía a enfrentarse con la Unión Soviética y destrozarla. Nosotros sabíamos a través de nuestras canalizaciones que Hitler había contactado con algunos seres que le ayudaban y no entendíamos que estos no le animaran a hacer algo definitivo contra el Monstruo Georgiano Bigotudo. Posiblemente, estos entes se conformaban con la situación existente y con el surgimiento de Alemania como primera potencia mundial. A nosotros, en cambio, nos preocupaban intensamente tanto la independencia de la India como el horror bolchevique y ambas cosas les resultaban indiferentes, al parecer, a estos seres y a Hitler.

Nuestro grupo no podía permanecer de brazos cruzados ante esta pasividad germana y debíamos instar al Gran Guía a tomar una decisión drástica. Por consiguiente, los cuerpos astrales de los doce del Alto Comité, entre los que estaba yo incluido, nos dirigimos hacia Hitler. Este se encontraba en la Cancillería despachando con un General y un Ministro. No podíamos escuchar con nitidez la conversación, pero hacían comentarios respecto a Gran Bretaña y el Norte de África; de la Unión Soviética no dijeron nada. Nos acompañaban unos seres conocidos que se apartaron un tanto de nosotros para desaparecer cuando comenzamos el proceso de implantación de pensamientos. Estos seres eran Mirra Alfassa y Sri Auribindo en su versión astral y nos observaron durante un tiempo.

Además de estas dos presencias humanas, manifestándose sin carbono, había otras entidades que vagaban por allí observando sin intervenir. Su actitud era extraña y creaban un raro ambiente de inquietud a su alrededor sin que pudiésemos definir el motivo de la misma. Carecían de forma concreta y en ocasiones se parecían a nubes grises de forma cambiante. Sin embargo, a medida que nos acercábamos a ellos se fueron haciendo más antropomorfos hasta convertirse en seres humanos espigados y rubios que medían unos diez metros de altura; al menos nosotros los visualizábamos así aunque su real morfología nos era desconocida pues comprendimos que podían cambiar de forma y tamaño casi a placer.

Estos armónicos (en apariencia) entes individuales con forma humana conversaron educadamente con nosotros. Nos contaron que habían hablado en muchas ocasiones con Hitler y que le habían aconsejado durante muchos años.

Aseguraron también que pretendían crear una colonia humana lo más cercana posible a ellos genéticamente.

—En África, hace muchos años, otra etnia astral con capacidad para viajar entre dimensiones fabricó, con muchos de sus rasgos genéticos a humanos de raza negra —afirmó el que parecía llevar la voz cantante.

—En América —continuó el ente—, pasó lo mismo con los mal llamados indios y otra raza cósmica interdimensional. Nosotros queríamos hacer algo parecido y protestamos enérgicamente ante el Consejo por esta discriminación, así que finalmente accedieron a ello pero debíamos hacerlo todo en un área de la Tierra muy determinada y sin provocar grandes desastres. De manera que tuvimos que hacerlo en pleno siglo XX y en Alemania. Al principio todo fue bien. La idea de la Gran Germania no era mala pero Hitler se ha ido llenando de egocentrismo y crueldad y hemos terminado por abandonarle. Hace aproximadamente un año que dejamos de manifestarnos ante él y de poseerle. Los acuerdos a los que llegamos en el Consejo no nos permiten seguir ayudándole y debemos optar por la no intervención —terminó de explicar el jefe de los rubios seres.

Otro de ellos nos informó de su presunto origen ya que nos dijo que venían de la Pléyades —dato poco concreto y posiblemente falso— y que no era conveniente que supiéramos más sobre ellos.

Como consecuencia de esta cerrazón nos desplazamos hacia nuestro objetivo: la implantación mental de la idea de la conquista de la URSS. En nuestra labor estábamos vigilados por los referidos entes con caracteres arios que nos miraban con atención al igual que Aurobindo y Alfassa. Parece que tuvimos éxito en la inserción de la idea de la invasión y que el bigotín austríaco la había recibido con excelente ánimo. En consecuencia, regresamos a nuestros carcasa física a descansar.

Para pesar nuestro, después de un mes desde nuestra actuación, el Gran Guía seguía sin invadir el territorio del Bigotón Georgiano. El ex cabo ya había contactado con el otro lado del velo en varias ocasiones y quizá intuía que su intención de entrar en guerra con el monstruo del Este se debía a una implementación externa a su mente. Posiblemente él desconfiaba porque esa idea era distinta a las últimas instrucciones dadas por sus contactos arios interdimensionales.

Por consiguiente, nos vimos en la obligación de cambiar de estrategia. El Alto Comité de los doce concluimos que debíamos elaborar un ser de esos que los tibetanos llaman tulpa. Con nuestra mente modelaríamos un clon del jefe de los arios interdimensionales y este le pasaría instrucciones a Hitler relativas a la conquista de la Unión Soviética. Así lo hicimos y este clon le comentó al Gran Guía germano que debía proceder a la invasión y acabar así con el bolchevismo. La racionalidad del austríaco era mayor de lo que pensábamos y puso numerosas objeciones a la invasión, especialmente en lo relativo al invierno. Tuvimos que convencerle de que ese invierno sería bastante benigno pero que él no debía preocuparse por ello puesto que la URSS entraría en colapso en pocas semanas. De todas maneras, para mayor tranquilidad de Hitler, le aseguramos que contralaríamos el invierno y que este sería muy mesurado en frío, nieve y viento (dentro de lo que cabe en esas latitudes). Él finalmente aceptó y con entusiasmo comenzó a preparar el plan que finalmente se llamó Operación Barbarroja. El hecho de que su contacto pleyadiano hubiese cambiado de opinión ya no le preocupaba pues en fondo del alma del Gran Guía, él siempre había querido luchar contra el imperio de los eslavos semihumanos.

De esta manera solo tuvimos que esperar a que se produjera el ataque bélico, cosa que ocurrió el 22 de junio, una fecha más tardía de la que habíamos previsto.

La tardanza del ex cabo austríaco, para nuestro pesar, fue crucial para su derrota: si hubiese tomado la decisión antes probablemente habría tomado Moscú y ganado la guerra. Nuestro grupo hizo una serie de actuaciones y rituales respecto a las fuerzas de la naturaleza que tuvieron como consecuencia que el azote invernal de ese año fuese de menor entidad que la que se hubiese producido de forma ordinaria. Esto puede resultar difícil de entender para algunos porque aquel invierno fue realmente duro y encarnizado pero si no hubiésemos actuado nosotros, sin duda, su fiereza hubiera sido aún mayor.

El resto de la historia de la II Guerra Mundial es conocido. Aquello que nosotros pensábamos que había sido un golpe definitivo al estalinismo, resultó ser lo contrario y nuestra acción fue tan desastrosa y contraproducente que permitió a Aurobindo y La Madre jactarse de algo que no hicieron: engañar a Hitler. Según ellos, el bigotín austríaco estaba subyugado y contactado por una entidad oscura y malvada; ellos clonaron su apariencia y este doble engañosamente demoniaco le instó al ex cabo austriaco a invadir la Unión Soviética. Gracias a esta decisión temeraria, Alemania perdió la guerra y el mundo, en opinión de ambos, se libró del Mal Absoluto.

Esta fue la falsedad que ambos se inventaron. Nos llenamos de rabia cuando supimos que se vanagloriaban de su falsa hazaña y presumían de haber confundido a Adolf Hitler mediante la creación de un doble de una entidad negativa.

Ellos dos mintieron para darse importancia sabiendo que no estábamos en condiciones de rebatirles su presunción. Habían obtenido un notable dividendo de publicidad a costa de nuestro silencio porque no podíamos quedar como necios y pronazis. Ambos podían vocear su mérito ya que fueron de los pocos que desde el principio habían sido críticos con el Gran Guía al que consideraban el Mal.

El ser demoniaco al que ellos señalaban como culpable de controlar al líder nazi como una marioneta sí existía, más nunca contactó con Hitler ni tuvo relación con el jefe del comando supuestamente pleyadiano. Este sí fue el culpable de manipular la mente del líder de Alemania y lo hacía de una forma diferente de los susurros al oído del subconsciente. Tampoco llevaba a cabo una posesión en el término exacto de la palabra, sino que sustituía la voluntad del ex cabo quien decía y hacía lo que este ser quería sin perder la consciencia de sí mismo. Esto tenía como consecuencia que el Gran Guía germánico recordaba exactamente qué decisiones había tomado, el contenido de sus atrabiliarios discursos y en qué situación se encontraba en cada momento. Otras veces, el ario cósmico se mostraba directamente y le daba orientaciones políticas y personales. De esta manera, el presunto pleyadiano dominaba a Hitler y con él a toda Alemania. Sin embargo, Aurobindo y La Madre no contaron nada a nadie sobre el ario cósmico y fantasearon acerca de una acción que nunca existió.

La actitud de la parejita mística en relación con lo que luego se llamó la II Guerra Mundial había sido objeto de nuestras críticas y desprecio. Ellos admitían en su *ashram* a gente que nunca debió pisar un lugar como ese y, por si fuera poco, instaban a los jóvenes a coger las armas contra Alemania. Nuestro

Alto Comité pensaba que Aurobindo y Alfassa habían tenido demasiada relación con los horrendos países occidentales liberales, igualitarios, decadentes y destructores: él había estudiado en universidades inglesas y ella era francesa por lo que era lógico que hubieran recibido estos nefandos influjos y los trasladasen a su mensaje espiritual. No creo que su acierto en lo relativo a la maldad de Adolf Hitler diga mucho en su favor, más bien dice mucho acerca de nuestra incompetente invidencia pues no conseguimos distinguir la verdadera cara del Gran Guía. En nuestro descargo alegaré que era complicado percibir la maldad en los mismos arios que acabaron, en defensa de la luz, con la abyecta cultura del Valle del Indo. Aquellos arios sepultaron a esa anomalía histórica —cuyas ruinas en Mohenjo Daro y Harappa fueron redescubiertas por los invasores británicos— e hicieron un gran bien a la humanidad. En resumen, existieron numerosos e insidiosos indicios que nos condujeron a una equivocación histórica.

Por tanto, escribo esta carta para que la haga usted pública, cuando mi alma esté ya desencarnada y se haga nítida la mentira de Aurobindo y Mirra Alfassa así como el inmenso error cometido por nosotros. Me gustaría que esto sirviese como ejemplo para todos los espiritualistas que aquejados de elitismo y de subjetividad siguen equivocándose en sus planteamientos. Esto no supone, de ningún modo, aceptar las ideas relativistas de los regímenes occidentales que niegan las leyes del karma. He escrito una carta exactamente igual a esta que está en poder de mi hijo mayor para que él haga lo que considere oportuno con la misma.

Muchas gracias por la atención.

Tuyo afectísimo
(firma y fecha)»

Esta es la epístola que tan honda impresión me causó y cuyo contenido ya puede ser valorado por el lector conforme a su libre criterio. Por mi parte, tengo que admitir que me sentí proclive a la credulidad nada más leerla y los acontecimientos posteriores confirmaron que mi intuición era correcta. Por ello, quise tener una copia para volverla a leer cuantas veces quisiera.

Nada más fotocopiarla, metí la susodicha carta manuscrita en una carpeta y esta, a su vez, en un maletín y marché a mi piso temporal.

Una vez allí, calenté la comida en el microondas y empecé a dar cuenta de la misma a las 14:30, pues intentaba seguir mis rutinas ibéricas en la medida de lo posible. Como la flexibilidad del horario de mi investigación permitía este apego a mis costumbres y soy de costumbres rígidas no quise traicionar mi cotidianidad habitual. Por lo tanto, no es sorprendente que a continuación me tomase una siesta de unos tres cuartos de hora seguida de un café cargado.

Ya fresco, descansado y despierto, leí de nuevo el documento y reflexioné sobre él. Ajeno ya a la emoción de la inmediatez lo que me sorprendía era la falta de flexibilidad del autor de la carta así como su vanidad. Al final del documento se lamenta del egocentrismo de algunas personas espirituales y él parece más empeñado en destapar la mentira de Aurobindo y Mirra Alfassa que en hacer propósito de enmienda. Para más INRI, afirmaba el autor que, en esencia, sus ideas seguían siendo válidas pero que lamentaba que la intensidad de ellas le impidieran ver la coyuntura real. En resumen, este señor no había aprendido nada. Él se había dado cuenta de que habían cometido un error pero nunca aceptaría que el error estaba en la esencia de sus ideas y no en la mera puesta en práctica de las mismas. La inteligencia puesta al servicio de la ceguera es peor y más peligrosa que la invidencia de los ignorantes.

Yo conocía, solo a grandes rasgos, la trayectoria de Sri Aurobindo (que también fue un afamado poeta) y de Mirra Alfasa pero así me pude formar una idea aproximada de sus motivos. Ellos fueron figuras muy importantes en la India y destacaron por ser unos innovadores del misticismo hindú y el yoga. Entraba pues dentro de lo posible que su contacto con Occidente les hubiera influido aunque no necesariamente para mal como pretendía el ínclito firmante de la epístola.

En cuanto al motivo de su mentira, colegí por el contexto histórico que ambos (Aurobindo y La Madre) creyeron conveniente dar prestigio al misticismo hindú y limpiarlo de la mala fama que le habían dado los místicos fanáticos y tradicionalistas por su connivencia con los nazis —incluso Gandhi había caído en el mismo despropósito histórico— por lo que atribuirle a esta mentira piadosa un motivo espurio me pareció una muestra de la obtusa mente del redactor del documento en cuestión.

Con disquisiciones semejantes a las anteriores (siempre relacionadas con el extraño manuscrito) estuve un buen rato sin llegar a ninguna conclusión, de manera que puse la televisión para desenredar mis neuronas y durante un par de horas estuve saltando de un canal a otro sin que ninguno reclamase mi atención de forma intensa. Ante esta situación de vacío me pareció buena idea llamar por teléfono a James. Este era un amigo galés profesor de la Universidad inglesa con la que yo colaboraba. Comentamos varios temas en relación con la misiva del hindú, mi investigación y conocidos comunes. Siempre resultaba agradable charlar con James porque tenía sentido del humor y una mente abierta. Por ello pude hablar con tranquilidad sobre la epístola en cuestión y dar rienda suelta a mi capacidad de elucubración sin temor a comentarios sarcásticos ni recomendaciones médicas. La charla duró una media hora y nos despedimos amigablemente sin que él pudiera darme datos sobre el autor de la intrigante carta.

El resto del día transcurrió sin que ocurriese nada digno de mención. Estuve redactando las primeras páginas del libro en el que se plasmaría mi investigación y este trabajo lo alterné con tres o cuatro incursiones en la nevera que finalizaron, todas ellas, con la ingestión de pequeñas cantidades de alimento que me permitieron omitir la cena (yo nunca meriendo). De modo que aproximadamente a las doce de la noche me metí en la cama y me dormí casi de inmediato.

Afortunadamente las normas que regían mi labor me permitían de vez en cuando reservar un día para ordenar notas y trabajar en casa. Por consiguiente, al día siguiente yo no tendría que acudir a ningún fondo documental ni biblioteca y podría disfrutar de la compañía de Morfeo más tiempo del habitual.

Me levanté por la mañana relajado por un gozoso sueño —aunque en él había sufrido algún que otro momento de padecimiento ocasional— que acababa de tener inmediatamente antes de despertar. Se trataba de una antigua ensoñación recurrente que había reaparecido unos treinta y siete años después sin aviso previo y sin causa aparente. Esa película onírica protagonizada por mí hizo que me despertase con un ánimo tranquilo y relajado que se mantuvo durante la ducha y la preparación e ingestión del desayuno. No obstante, a medida que transcurría la mañana una sensación de incomodidad fue calando en mi interior hasta hacerse muy sólida y fuerte. La peripecia inconsciente que me estaba provocando agitación y malos presentimientos ocurrió tal y como paso a narrar:

Estaba yo de pie y parado frente a una puerta automática que pronto se abrió mostrándome un pasadizo en el que entré con ánimo resuelto. Este lugar estaba lleno de trampas fantasiosas y agresivas que resultaban imprevisibles al entendimiento humano y que por ello me sorprendían y asustaban una y otra vez. La finalidad de mi entrada en dicho pasadizo consistía en liberar a una bella joven que permanecía en un trono fuertemente atada por la cintura por una invisible cincha ajustada y fuerte. Su bonita melena rizada le llegaba hasta algo más abajo de los hombros y su cara expresaba impaciencia y pena mientras adelantaba sus brazos hacia mí pidiendo que la salvara. Yo me encontraba algo alejado pero el gesto era inequívoco y mi vista lo captaba nítidamente dándome el empuje que me empezaba a faltar. La dama en apuros era de etnia negra y el color de su piel contrastaba con el blanco inmaculado del vestido que llevaba y que facilitaba que ella fuese visible lejanía. Conseguí esquivar espadas que salían disparadas de las paredes con la intención de alcanzarme; burlé a ojos voladores que pretendían golpear mi cabeza; maté con mis propias manos a una serpiente que cayó del techo y cuando ya había terminado el heroico paseo por el angosto pasillo me topé por fin con una sala en la que, al fondo, se encontraba el trono que atrapaba a la implorante mujer que requería mi ayuda. No me había percatado antes de la existencia de la sala por mi perspectiva rectilínea y por la extrema concentración con la que me había enfrentado a los diversos peligros, pero esto ya no importaba pues estaba muy cerca de conseguir mi objetivo. La hechizante y hechizada fémina fijó en mí una mirada suplicante pero esperanzada que me llenó de ánimo y energía. De todas maneras, yo debía tener cautela ya que justo encima de su trono un enorme ojo me miraba con pupila de pocos amigos. Después de observar unos segundos el comportamiento de tan extraño elemento biológico concluí que era inofensivo. Entonces me percaté de algo que me había pasado inadvertido: justo detrás del egregio asiento de la sensual prisionera había una decena aproximada de grandes tubos de órgano que estaban hechos de cristal. Del instrumento en sí nunca supe nada pues no lo vi ni escuché música alguna. El gran ojo y el órgano me generaron incertidumbre por su inoperancia pues me pareció incoherente su existencia. «¿Si no me atacan para qué están allí?», me pregunté.

En cualquier caso, satisfecho por mi habilidad y valor, me dirigí a rescatar a la indefensa joven pero de pronto surgieron de la nada una especie de mujeres arácnidas que me agarraron y me arrojaron con fuerza a una tela de araña que me mantuvo atrapado durante una decena aproximada de segundos; el tiempo que tardé, utilizando mucha energía y movimientos bruscos, en liberarme de ella. Cuando me disponía a pelear contra las agresivas arañas humanoides, estas desaparecieron como por arte de magia y me pude dirigir por fin hacia el trono ya que había quedado expedito el trecho que me separaba del mismo. Cuando me encontré lo suficientemente cerca, me incliné para besar a la chica y deshacer así su encantamiento. Efectivamente, el etérico cinturón se aflojó y ella se pudo levantar pero mis problemas no habían terminado aquí como yo ingenuamente había creído. Ella dio un sorpresivo paso hacia atrás a la vez que se transmutaba en un ser extraño que se comportó de forma agresiva. Allí donde había una muchacha guapa y atrayente, ahora se encontraba una mujer tan sensual como la anterior pero enfundada en un ceñidísimo traje rojo de un material parecido al neopreno. Dicho traje era tan estrecho que parecía parte de la piel de la joven quien llevaba totalmente tapada la cabeza (también la cara) por una capucha elaborada con un material similar a las cotas de malla con las que los soldados medievales protegían su cuerpo. No sé cómo lo hacía mas ella veía perfectamente y con un látigo comenzó a azotarme certeramente. Como consecuencia de ello, yo me iba despellejando poco a poco hasta que con la mano derecha conseguí atrapar el látigo. Entonces ella volvió a ser la dulce princesa que había suplicado mi socorro y embelesados ambos nos besamos en los labios. Yo quedé sanado al instante de mis heridas, mi piel se recompuso y la pesadilla se transformó en un cuento de hadas.

Lamentablemente justo en ese momento me desperté súbitamente y no pude disfrutar del encandilante cuerpo ni de las gracias del alma bonita que poseía esa excepcional mujer. La culminación feliz de la historia fue interrumpida por el desvelo repentino y me tuve que conformar con la realidad de mi soledad londinense.

Del mismo modo finalizaba el sueño en mi adolescencia: me despertaba en el instante inmediatamente posterior al beso, cuando yo creía que me esperaba un futuro de leche y miel junto a mi amada.

Algún lector algo veterano o amante de la cultura pop habrá reconocido una semejanza muy grande entre la ensoñación que acabo de relatar y un videoclip de los Jacksons. Puesto que nunca presumí de tener un inconsciente imaginativo no creo que se me pueda censurar nada, sobre todo si tenemos en cuenta que las nebulosas de los territorios ignotos de la mente quedan fuera del alcance de los derechos de autor.

De todas maneras, sí que había algunas diferencias entre el vídeo y mi irreal aventura. La más importante consistía en la identidad de la princesa rescatada pues eran personas distintas. En el vídeo, la mujer aprisionada en el trono seguramente era mulata; al menos eso es lo que yo deduje tanto por la tonalidad de su piel como por algunas características de su rostro que parecían propios de los blancos (nariz y labios finos, por ejemplo). Por el contrario, la joven que aparecía en mis sueños (tanto en el último como en los antiguos) tenía un color negro más puro, un ligero resplandor interno que le hacía brillar como el azabache pulido y unos rasgos faciales manifiestamente negroides. También se diferenciaban ambas en la complexión física pues la de mi princesa hechizada era algo más fuerte sin perder por ello la esbeltez que caracterizaba a las dos.

Como podrán comprobar los lectores, no hay materia suficiente en esta ensoñación que justifique el malestar que me produjo: no anuncia ningún desastre particular ni general y la historia tiene un final feliz. Sin embargo, a mí me perturbó notablemente este sueño pues lo percibí como un aviso de que algo se aproximaba y me iba arrollar.

Este sueño lo había tenido durante varias noches seguidas, creo que ocho o nueve, en el mes anterior a mi decimoquinto cumpleaños. Tego que admitir que en su día me angustió y ofuscó bastante por los consecuencias líquidas y psicológicas que me producía.

Cuando volvía a la consciencia, en algunas ocasiones la sábana y mi pijama estaban empapados de un sudor frío como respuesta física provocada por el miedo que había pasado en mis extremos lances imaginarios. Otras veces, en cambio, me despertaba relajado y con una parte de mi anatomía temporalmente sobredimensionada y endurecida, a lo que había que añadir inequívocos signos de una placentera y copiosa eyección onírica en mi ropa interior inferior.

En su momento, como ya he adelantado, me había preocupado y obsesionado que el mismo hecho pudiera causarme respuestas fisiológicas tan opuestas y contradictorias. Si el sueño era idéntico no tenía sentido que los efectos fuesen tan diferentes. Esta dualidad suponía un problema sin solución y por esta razón dejé de buscar una en cuanto desapareció el sueño. Ahora que había vuelto el sueño ya no me preocupaba esta hipotética incoherencia en mis reacciones porque es bien sabido que del sufrimiento al placer hay un paso igual que ocurre con el amor y el odio; la temeridad y la valentía; la cobardía y la prudencia y un largo etcétera de parejas de cualidades. La contradicción del ser humano la tenía asumida y la reaparición de la ensoñación me estaba resultando problemática por lo que tenía de indicio de algo inesperado que se cernía sobre mí.

En cualquier caso yo estaba controlando bien los nervios que me había provocado el regreso de mi otrora habitual fantasía onírica y, en consecuencia, había conseguido trabajar durante casi tres horas seguidas en el libro que estaba escribiendo. Ya tenía materia documental suficiente para escribir los tres primeros capítulos y en esa labor de escritura me encontraba cuando sonó mi teléfono móvil. Puesto que no lo encontraba, este dejó de sonar y perdí la llamada. Conseguí localizarlo unos segundos después del cese del sonido y vi que me había llamado Jimena, mi exesposa. Me intrigó y devolví la llamada casi de inmediato pues sentía curiosidad. El trabajo mañanero me había cundido y podía permitirme un rato de descanso. Justo en el momento en que mi ex contestó a la llamada con un saludó, recordé que ese día era festivo en España o al menos en la localidad en la que ella residía. Mi relación con Jime mejoraba progresivamente a medida que se alejaba tanto el principio como el fin de nuestro matrimonio y con la excusa de dialogar sobre cuestiones referentes a nuestra hija Soraya (a quien llamábamos Sory) la llamaba con más asiduidad de lo habitual entre divorciados. Sin embargo, no era tan frecuente que ella me llamase a mí y pensé que podía haber algún motivo concreto de cierta importancia.

—Hola Luis ¿Estás bien? —me dijo con un tono que mostraba más curiosidad que preocupación sin estar totalmente exento de esta—. He sentido de repente que te podía haber pasado algo.

Tranquilicé a mi ex y a continuación estuve divagando sobre Aurobindo, Hitler y el renacido sueño.

—Así que el súcubo de ébano ha vuelto —rio ella.

—¿Cómo sabes que la llamo así en mis pensamientos? —me sorprendí yo.

—No lo sé. Me ha fluido. Quizá me lo dijiste tú en alguna ocasión.

No era cierto. Yo nunca le había mencionado que en mi interior llamada así a la excitante mujer azabache de mis quimeras nocturnas. Esa denominación se la otorgó (impropiamente) un psicólogo a quien le conté el sueño unos tres lustros años después y, desde entonces, la identifico con ese nombre en mis pensamientos nunca expresados ante nadie. En cuanto a la falta de propiedad de la denominación «súcubo» viene dada por el hecho de que los súcubos eran seres negativos y obligaban a la víctima masculina a realizar el acto sexual despojándole o reduciendo su energía vital llegando, algunas veces, a secuestrar al varón del que se habían encaprichado. Por el contrario, la mujer azabache no forzaba mi voluntad, no teníamos unión física directa y en más de la mitad de los casos, los efectos en mí eran positivos. Con todo (y volviendo al comentario de Jime) yo estaba absolutamente seguro de que nunca le había mencionado a nadie la ocurrencia del psicólogo. Mi ex sabía del sueño pero no del apodo de la fémina rescatada.

Puesto que todo ello nos llevaba a un callejón sin salida, cambié de tema y pregunté por nuestra hija Sory. Mi ex me contestó a mi estereotipada pregunta con una respuesta del mismo tipo y nos despedimos con la buena onda que existía entre nosotros en el último año.

Yo siempre he tenido una cojera en mis relaciones con el sexo opuesto. Cuando la pasión de la piel inundaba mi racionalidad y casi la anulaba, yo me llenaba de una felicidad inicial que desaparecía pronto pues, de manera sistemática, esta atracción siempre me llevaba a personas con las que era inútil intentar hablar de algo interesante porque no teníamos nada en común. En cambio, cuando la comunión entre nuestros intelectos era plena al igual que la de las almas, la asexualidad se instalaba y atornillaba en el catre de forma indefectible e indefinida. Huelga decir que mis relaciones más provechosas, vistas en su conjunto, fueron las segundas de las cuales el mejor ejemplo es mi largo matrimonio (ya finalizado) con Jimena. Quizá por esa ausencia de pasión epidérmica, después de dos años de guerra sin cuartel volvíamos a llevarnos bien, tanto que si no fuera por José Luis (una incipiente relación de mi ex) yo hubiese intentado la reconciliación.

De todas maneras, como no quería caer en la tristeza, intenté centrarme en el trabajo pero no pude, mi interés y deambulaciones cerebrales se trasladaron al Valle del Indo. Me resultó inesperada la mención que de ella hizo el autor del manuscrito pues me extrañó mucho que algo casi desconocido pudiese resultarle tan ofensivo a alguien. Al contrario que este señor, yo creía que esta cultura presentaba caracteres de haber sido meritoria sin que esto pudiera asegurarse de manera rotunda ya que tenemos pocos datos fehacientes sobre la misma: la distribución del agua era eficaz, la diferencia entre las mejores viviendas y las más modestas no era excesiva, el urbanismo era moderno y no hay pruebas claras de que existieran prácticas religiosas o reyes. Quizá el místico pseudohitleriano sabía algo más de lo que explicitaba por ser miembro de una sociedad secreta o, por el contrario, una vez más hablaron por su boca prejuicios arraigados e insolubles.

Es cierto que hay especialistas que aseguran, sin pruebas concluyentes, que en los baños o aljibes comunitarios se hacían rituales religiosos; también es cierto que estos mismos eruditos son capaces de ver un rey o sumo sacerdote en cualquiera estatuilla pero, en verdad, no hay nada que justifique la formulación de teorías definitivas al respecto. Posiblemente, sus limitaciones egocéntricas les impiden plantearse siquiera la hipótesis de que en la remota antigüedad pudiera existir un grupo humano que se rigiese por un sistema político similar al suizo actual, en la que lo espiritual fuese una cuestión íntima y personal y en la que los aljibes públicos se utilizasen para el recreo de los ciudadanos. Muy posiblemente mis barruntos pudieran ser meras elucubraciones sin demasiado fundamento pero no creo que fuesen mucho más imaginativas que las deducciones de las autoridades en la materia.

Esta falta de confianza en el mundo académico no mermaba la credibilidad que yo tenía en mi propio empleo pues yo me dedicaba a la Historia Contemporánea en la que, afortunadamente, hay mucha documentación escrita que permite domar en buena medida el egocentrismo y subjetividad de los expertos y estudiosos.

Miré el reloj porque había perdido mucho tiempo pensando en vaguedades y me puse de inmediato a continuar el trabajo relativo al libro que estaba escribiendo. En ello estuve hasta aproximadamente las 15hs. Estaba tan concentrado en el trabajo que no me había dado cuenta de que las 14:30hs (mi hora habitual de almuerzo), ya había pasado. En consecuencia, saqué unas comidas precocinadas de la nevera, las calenté y engullí sin apenas saborearlas pues resultaron poco agradables a mi paladar. Luego me fui al dormitorio a disfrutar de una siesta de una hora (algo más de lo acostumbrado en mí) porque quería volver al trabajo de redacción listo y fresco.

Como podrá suponer el lector, en la siesta volvió a aparecer la espléndida mujer azabache que suplicaba un rescate. El efecto volvió a ser grato y no terrorífico y me levanté otra vez en armonía conmigo mismo.

Eché una mirada al despertador y sorprendentemente este marcaba las 20:15hs. Había programado el reloj para que sonase a las 16:30. ¿Qué había pasado? Posiblemente el sonido del despertador me había irritado tanto que, en estado de duermevela, pulsé el botón para cortar su chirriante zumbido y por ello no lo recuerdo, pensé convencido.

La explicación, por tanto, me satisfizo pero eso no justificaba el hambre aguda que sentía. Yo me caracterizaba por ser moderado en el yantar y con poco me veía saciado así que mi desesperación no tenía lógica. Cinco horas escasas de ayuno no justificaban una oquedad estomacal tan grande y huera como la que yo padecía en ese momento. Por si fuera poco, mi ánimo famélico se fue concretando en la necesidad de comer un par de sándwiches con dos huevos fritos. Debido a que no tenía el pan adecuado para hacer los sándwiches y no me apetecía cocinar, salí a buscar mis antojos al exterior. Mis pasos se dirigieron a una calle cercana en la que había un café por cuya puerta había pasado algunas veces y que parecía confortable. La tarde se iba haciendo más oscura y pronto anochecería, por ello, el rótulo de la cafetería se veía desde lejos. Yo me dirigí a él de manera instintiva por la necesidad que tenía de parar de una vez por todas mi ansiedad alimenticia. El suelo de la cafetería se encontraba aproximadamente un metro por encima del nivel de la acera de la calle y había que subir algunos escalones; yo lo hice de dos en dos y una vez dentro me relajé pues la cercanía de mi objetivo me apaciguó.

Ya sentado a la mesa, aun estando ya tranquilo, mi propósito seguía igual de firme: pedir la comida deseada y engullirla para saciar una necesidad que nada tenía que ver un capricho. Se me acercó a mí un camarero rubio de unos treinta años al que le solicité que me sirviera un café solo y una pareja de sándwiches que tuviesen emparedados en su interior sendos huevos fritos que debían poseer una brillante yema color gualda reventón. Así lo hicieron sin que fuera necesario que yo hiciera grandes esfuerzos por expresarme con exactitud pues en la carta, que ya estaba en la mesa, se podía ver una sincrónica foto de una de las ofertas de la casa que coincidía con mis anhelos. La imagen era muy descriptiva y, a través de un agujero perfectamente circular hecho en la rebanada superior, se podía ver una brillante yema con las características deseadas por mí. Primero me sirvieron el café y esto lo hizo una chica a la que solo miré de soslayo ya que mis ojos miraban a la nada a la par que mi mente pensaba en la dichosa carta india. La camarera hablaba con voz cantarina y una vocalización perfecta. Vertió desde su jarra a mi taza un café negro espeso e intenso. La taza era roja y el contraste entre ambos colores (negro y rojo) me llenó de un relax psicológico difícilmente explicable. El cromatismo había aplacado el pequeño rescoldo de nerviosismo gastronómico que aún permanecía en mí.

Empecé a tomar el café y a saborearlo con parsimonia pues era realmente bueno y su bonito aroma permanecía en el sabor. Eché un vistazo al local y me pareció agradable y nada pretencioso. Luego me dio por pensar que la muchacha (por su voz era joven) había tenido una deferencia en su dicción porque se había percatado que yo era extranjero. «He sido correcto y le he dado las gracias pero ni le miré a la cara», pensé. De modo que, cuando la atenta camarera llegase con la comida sólida, sí que le miraría a la cara y le agradecería expresamente su actitud en la pronunciación.

«Espero que sea ella quien siga con mi mesa. Supongo que así será», me dije.

Tuve suerte y fue la misma chica la que se acercó con los sándwiches. Sin embargo, cuando lo hizo no pude verla bien pues yo estaba bebiendo café y tenía la taza en la cara. La camarera dejó el plato con los dos sándwiches, yo tragué rápido el sorbo que tenía en la boca, alcé la vista y balbuceé

—Gracias...

No pude articular más sílabas pues un sudor frío instantáneo empapó mi camisa. La persona que se alzaba ante mis ojos no era otra que la mujer azabache de mis sueños. La cara de la joven delataba un temor aún mayor que el mío. Su vulnerabilidad y el interés que había tenido en yo entendiera cada una de sus sílabas me hicieron tener más claro que el psicólogo había estado desacertado en la elección del sobrenombre. Incluso, contra toda lógica, llegué a sentirme algo culpable por haberme servido del dicho apelativo para referirme a ella. La mujer real que estaba ante mí no tenía nada de diabólico y necesitaba que alguien le tranquilizase. Desafortunadamente, el único que podía hacerlo era yo y me encontraba casi tan asustado y desconcertado como ella.

Con todo, me atreví a ser consecuente con el espíritu valeroso que yo demostraba en el sueño, intenté aparentar tranquilidad y le insté amablemente a la chica que se sentara en la silla vacía que estaba enfrente de la mía. Ella lo hizo y se situó enfrente de mí, al otro lado de la mesa. Luego me observó atentamente durante tres o cuatro segundos con unos ojos apacibles pues ya parecía haberse calmado y me comentó:

—No te enfades, pero me tranquiliza que tú también parezcas asustado.

Sonreí porque tenía razón: el temor mutuo demostraba que ninguno de los dos era un ser inefable que acudía al mundo físico a cometer fechorías. También contribuyó a mi sonrisa el hecho de que ella, a pesar de la atípica situación, no había dejado de esforzarse en pronunciar con claridad. Se lo agradecí mentalmente por la generosidad de su intención más que nada pues yo no lo necesitaba (mi oído para el inglés era bueno).

Ninguno de los dos sabía cómo empezar la conversación así que intenté distender el ambiente con una frase presuntamente ingeniosa.

—Eres la mujer de mis sueños. Literalmente.

Mi táctica debió de dar resultado porque ella esbozó un amago de sonrisa que me animó a seguir:

—Te voy a contar un sueño que he tenido muchas veces —expuse como frustrado exordio pues fui interrumpido por la real mujer azabache.

—No. Mejor te lo cuento yo. No creo que sea casual, pero tú me dirás si se parece a tu sueño recurrente.

A continuación me comenzó a relatar un sueño casi idéntico al mío pero contado desde el punto de vista de la dama rescatada.

Se le repitió ocho o nueve veces seguidas cuando tenía sólo catorce años. El sueño se desarrollaba de la siguiente manera.

La mujer azabache era secuestrada por una serie de arañas con forma humana femenina y que le ataban —con una correa invisible— por la cintura a un trono con tal fuerza y eficacia que no podía liberarse. Ella alargaba sus brazos hacia delante en gesto suplicante a un chico que desde el fondo de un pasillo se dirigía a rescatarla. El chaval sorteaba todo tipo de peligros y al final la princesa era liberada de su hechizo. En el momento final ella y el héroe se besaban y el sueño terminaba.

No he querido contar los pormenores de la historia porque el lector ya la conoce. Simplemente añadiré un detalle en relación con los latigazos que me despellejaban. Ella me reconoció que era consciente de lo que hacía aunque no podía evitarlo pues estaba poseída. Aclaró también que, cuando me azotaba, ella no veía nada por la capucha que llevaba pero que el ser poseyente sí que sabía adonde había que lanzar el látigo.

Luego me dijo que ese sueño se le había repetido varias veces en los tres últimos días y que en todas las ocasiones yo había sido su esforzado salvador. Añadió que, cuando doce años atrás tuvo la primera serie de ensoñaciones, su propio cuerpo le resultaba extraño porque era el de una mujer perfectamente formada en su físico: era ella misma pero con veintiséis años, su edad actual.

—Era yo, pero tal y como soy ahora. En cambio, en esos sueños lejanos tú tenías sólo dieciséis o, como mucho, diecisiete años. Por contra, en los que he tenido estos últimos tres días tenías tu aspecto actual —puntualizó ella.

No me pareció raro que ella creyese que yo tenía unos dieciséis años ya que en aquella época yo exteriorizaba más edad de la real (aunque el concepto «real» es discutible en muchas ocasiones) cosa que entonces me envanecía y ahora me horrorizaría. Tampoco me extraña que la joven que yo tenía delante tuviese la certeza de que yo era la misma persona que el héroe de sus primeros sueños. Algunos de mis rasgos físicos son muy característicos, por ejemplo mi pelo, que conservo en su mayor parte, es duro y muy rizado y siempre ha sido corto pues yo así lo quise desde que tengo memoria. Además, su inicio está muy adelantado en la frente haciendo que mis entradas sean muy marcadas (que no extensas) hoy y siempre. Por si fuera poco, mi lunar en la mejilla izquierda es muy característico. Como tampoco he engordado mucho con los años, soy casi tal como era pero más arrugado y con algún pequeño achaque.

Por mi parte, yo siempre la vi a ella con sus acabada figura de adulta de buen ver que tenía en ese momento en la cafetería. Empero, no recuerdo si en los sueños que yo había tenido en las últimas horas, mi edad era una u otra pues la sensación de mi consciencia individual era mi único foco de atención en lo relativo a mi persona. Siempre había dado por hecho que mi edad en la vigilia se trasladaba al mundo onírico y coincidía en ambos planos.

De pronto caí en la cuenta de que no sabía el nombre de la mujer azabache y cuando me disponía a preguntárselo, el camarero que me había tomado nota se acercó y le enmendó su actitud distraída con el trabajo:

—Keara. ¿Qué haces? Ponte a trabajar.

De esta frase deduje que este hombre no era un camarero sino el encargado y que su actividad consistía en escribir los pedidos de los clientes, pasar las comandas y coordinar (actividad muy ambigua y de difícil descripción). Como empleada diligente, Keara se levantó pues se acababan de sentar dos nuevos clientes y ella no lo había notado.

Antes de que se alejara le informé:

—Yo me llamo Luis. Encantado.

—Igualmente —dijo ella.

Entonces se acercó, yo me levanté y nos dimos mutuamente dos besos en las mejillas.

Me dediqué durante un rato a comer los sándwiches y a beber el café mientras mi caótica cabeza elucubraba sobre varias cuestiones banales relacionadas con Keara, Aurobindo y el mundo en general.

En contra de la opinión generalizada, en ocasiones los varones sí que podemos hacer varias cosas a la vez. En este caso yo divagaba, miraba de vez en cuando a Keara (cada vez con más deseo y curiosidad) e ingería alimentos sólidos y líquidos: toda una proeza.

No era extraño que mi futura nueva novia recibiese la mirada de los hombres pues era una mujer guapa y sobre todo muy vistosa. Ella caminaba de un lado a otro del local poniendo con toda naturalidad un pie casi delante del otro culebreándose así con una sensualidad patente pero sencilla, lo cual me gustaba en todos los sentidos que se pueda imaginar el lector. El rozagante cuerpo de Keara anunciaba una robustez que no terminaba de materializarse. Por ejemplo, sus hombros eran casi anchos y algo parecido podría decirse de su faz y de unas caderas que exhalaban fertilidad y lozanía. En consecuencia con lo antedicho, la altura de Keara resultaba superior a la media pero no era excepcional, pues no creo que llegara al metro setenta. Esta dificultad para definir su apariencia me cautivaba y subyugaba tanto que me había terminado los sándwiches y el café casi sin darme cuenta. Tuve que decidir si marcharme de allí o pedir otro café como excusa para permanecer en el local, pero antes de que yo pudiese resolver la disyuntiva, la camarera azabache se acercó y me avisó con voz cariñosa.

—Espérame. Salgo a las nueve más o menos. Hoy no me toca barrer ni hacer nada de esas cosas.

Miré el reloj y sólo quedaban quince minutos aproximados; no era mucho. Por consiguiente, pedí otra taza de café que me vendría bien ya que tenía que estar ligero y despierto para la placentera batalla nocturna que se avecinaba. Mientras ella seguía con el trasiego habitual en la hostelería, los minutos pasaban pero no con toda la rapidez que a mí me hubiese gustado. Levanté pues la mano y Keara se acercó. Le pagué a la vez que le insté a quedarse con la vuelta respondiéndome ella con un fugaz pero apretujado piquito en la boca. El dinero sobrante se correspondía con la cantidad que de ordinario se suele dejar de propina en esta ciudad así que el beso confirmaba mi optimismo. Mentiría si dijera que esto me sorprendió pero mi felicidad no era menor por ello. Me levanté y le lancé otro beso aéreo ayudado con mi mano. Ella me respondió con una amplia sonrisa agitando su mano.

—Te espero aquí fuera —dije señalando la calle.

Ella respondió haciendo un gesto de conformidad cerrando el puño excepto el pulgar que lo dejó extendido en posición vertical.

Salí entonces a la calle exultante pues mis esperanzas se estaban convirtiendo en placenteras certezas. Me senté en un banco cercano y mis pies empezaron a bailar al son de una música inexistente pero llena de excelencia. Después de cinco o seis minutos con las posaderas en el banco, oí por fin la voz de Keara.

—Ya salí por fin.

Entonces me levanté y nos besamos ardientemente como quinceañeros en celo. Era difícil de describir lo que sentíamos porque la palabra flechazo se queda corta para hacerlo. Nuestras almas habían sido preparadas e incluso programadas para que nos encontráramos y sólo teníamos que fluir con la gozosa corriente.

A un retorcido ósculo de tornillo le seguía otro y otro hasta que, después de tres o cuatro minutos en los que perdimos la noción del lugar en el que estábamos, Keara se apartó un poco, me cogió de la mano y me llevó a una taberna de tipo irlandés que estaba en la misma calle. En el interior había bastantes clientes pero su número estaba lejos de superar el aforo. Además de todas las características propias del estereotipo de esta clase de locales, en él había un gran espejo que me devolvía la imagen de un madurito pintón en excelente estado físico (o al menos eso creía yo). Keara intuyó lo que pasaba por mi cerebro y rio de buena gana. Me gustó verla con el rostro asimétricamente desorganizado por una risa franca que hizo que, por unos instantes, su semblante adquiriese un divertido y caótico aire infantil.

Mientras ella apagaba su hilaridad mi vista buscó y encontró sin problemas una mesa para dos. Pedimos dos pintas de cerveza negra que era una bebida del gusto de ambos. Ella se quitó la cazadora que llevaba y la colgó del respaldo de la silla igual que una bolsa de deporte en la que llevaba su indumentaria laboral.

Se inició entonces una plática alternada con apasionados besos, sorbos de cerveza y amorosos entrelazamientos de manos. Por mi parte le conté todo lo esencial de mi vida sin ocultar los aspectos que pudieran ser incómodos porque me sentía muy libre con ella. Por otro lado, yo tenía el pálpito de que ella adivinaría cualquiera omisión intencionada que yo hiciese en mi narración vital.

Por su parte, ella me contó que había estudiado una carrera que aquí llamaríamos Filología Clásica. Me dijo asimismo que había tenido una relación accidentada con el latín pero muy fluida y fructífera con el griego ático. Según Keara, el latín creaba menos problemas a los estudiantes que el griego, pero en su caso se había dado el supuesto inverso.

—En realidad no tuve que aprender ese idioma. Tan solo tuve que recordarlo. Tenía la sensación de que había olvidado el griego ático hacía no mucho y que tan solo tenía que enlazarlo con mi memoria —aseguró con aplomo.

También me habló de su familia, de sus relaciones sentimentales y de varios aspectos de su vida. De hecho, en apenas veinte minutos cada uno ya conocía aspectos esenciales de la vida del otro.

Keara era canadiense (había nacido en Ontario) y el curso siguiente lo pasaría en su país pues tenía un contrato de tres años con la Administración Pública canadiense para dar clases en un pueblo inuit. Su trabajo actual lo necesitaba para engordar su magra cuenta corriente en los meses que restaban hasta el momento de su incorporación a la docencia y el hielo. No me preocupó esta lejanía en el espacio, pues tuve el pálpito de que esto no iba a obstaculizar la inevitable unión de nuestras vidas.

La gelidez en la que viven los inuit o esquimales me hizo recordar el infernal invierno ruso que detuvo en seco el avance alemán y esto me llevó a su vez a Aurobindo y Alfassa. En consecuencia, le resumí a Keara el contenido del manuscrito que ya conoce el lector. Ella me escuchó con mucho interés y, una vez que hube finalizado mi exposición, dio su opinión

—Algo parecido le pasaba a Platón. Era una persona que formuló una Teoría de las Ideas lúcida y admirable y esto no le impidió colaborar con los Treinta Tiranos. Por si fuera poco, en La República propone un sistema de gobierno aterrador que es una síntesis de Pol Pot y Hitler. No sé por qué pero a los espiritualistas le pasa eso muy a menudo —dijo convencida—. En época de Platón (y antes) había oligarquistas moderados y un partido democrático, así que no me digas lo que estás pensando ahora: que estoy juzgándole con ojos actuales. No es así; le estoy juzgando de manera adecuada y también sé que rompió con los Treinta Tiranos pero es cierto que colaboró — añadió aún más convencida.

Me pareció que mi chica azabache tenía razón, aunque me preocupó ser tan predecible en mis pensamientos. No obstante, me disponía a hacer algún matiz (que no recuerdo) a lo dicho por Keara cuando esta saludó a alguien con la mano.

La persona a quien se dirigía el saludo era un compañero de trabajo a quien le correspondía salir un par de horas antes, según me informó la propia Keara mientras el chaval (no llegaba a los veinticinco años en apariencia) se acercaba. Cuando llegó a nuestra mesa ella nos presentó

—¡Hola, David! Este es mi nuevo novio.

David me dio la mano y siguió su camino. No hizo ningún comentario por la noticia ni por la diferencia de edad; ni siquiera noté alguna micromueca en su cara que mostrase alguna minúscula emoción.

—Va muy perjudicado —dijo Keara confirmando mi impresión—. Aunque parezca mentira cocina muy bien —agregó ella con firmeza.

No puse en duda las cualidades gastronómicas de David pero su cantidad de alcohol en sangre debía de ser muy alta, pues pasó al lado de una diana sin darse cuenta de que había gente jugando a los dardos. Uno de estos afilados instrumentos, que volaba con velocidad y potencia buscando el blanco, se clavó en uno de los carrillos del despistado cocinero quien, sin percatarse de ello, siguió impertérrito andando lentamente con el dardo en la cara como un toro que lleva una banderilla mal puesta.

Los dos nos reímos largamente de la surrealista escena. Cuando los ecos de la jovialidad se habían terminado, Keara se levantó para estirar las piernas e intentar inútilmente quitar las arrugas de su ceñido pantalón de cuero. También era ajustada la camisa roja sin mangas que llevaba y que evidenciaba un busto hermoso. En el pelo, una ancha diadema de tela elástica y negra mantenía controlado su abundante y rizado cabello. Después de su frustrado intento con el pantalón y aún de pie, ella se ajustó su diadema. Esta útil prenda me pareció algo anticuada y no consiguió retener mi interés que de inmediato se trasladó a los pechos de Keara. Estos tenían el tamaño suficiente como para despertar una moderada envidia en las mujeres y la atención de los hombres pero, al mismo tiempo, estaban lejos de provocar ceños fruncidos de inquina en las primeras y la hipnosis en los segundos. Puesto que todavía no quería que mi ardor se estimulase, me centré en la pinta (que aún estaba medio llena) y bebí un buen trago. Cada vez me atraía más Keara pues su arrogante anatomía se compensaba con un carácter benevolente y tolerante y ambas cosas me habían conquistado sin remisión posible.

—Te voy a contar una cosa que antes me quedó pendiente —me dijo súbitamente.

A continuación me relató que había trabajado con anterioridad en la hostelería pero que le habían seleccionado también en una librería para trabajar de dependienta, empleo que quizá se ajustaba mejor a sus habilidades e inquietudes y que parecía menos sacrificado. Extrañamente, ella eligió trabajar de camarera.

—No sé por qué, pero no tuve dudas. Algo me empujó a aceptar este trabajo. Quizá me siento segura en él porque trabajé antes en ocasionales empleos parecidos, pero en realidad la respuesta es otra: no podía elegir y me vi impelida a aceptarlo por algo que no sé definir. Quizá alguien lo preparó para que nos conociéramos —comentó ella mirando a la nada con aire pensativo a la vez que suspiraba después de haber hinchado su tórax conforme a las reglas de la naturaleza.

Supongo que fue una espiración de resignación al percatarse de lo poco que pintaba el libre albedrío en nuestras vidas. Sin embargo, esto poco me importó pues mis ojos se habían dirigido, otra vez, a su zona pectoral.

Esta vez ella se percató de esto y me lo recriminó.

—Los ojos los tengo aquí —comentó mientras apuntaba con su dedo índice el lugar en el que yo debía focalizar mi interés visual.

—Yo también puedo enfadarme por tu suspiro de resignación. No parece que te guste que el Destino te lleve a mí —contesté con rapidez e ironía.

Nos reímos de nuevo casi al unísono y comprendimos entonces que debíamos culminar la noche sin demora. Apuramos nuestras cervezas, pagamos y nos dirigimos a mi circunstancial vivienda.

Como soy un caballero no detallaré lo que allí ocurrió ni cuántas veces pero sí debo indicar algo: no me arrepentí de tomar el segundo café pues me dormí más tarde de lo habitual. No es vanidad proclamar que yo estuve a la altura de las circunstancias con una mujer a la que doblaba la edad de forma casi exacta.

Inesperadamente me quedó un levísimo regusto amargo porque especulé con la idea de que detrás de mi resistencia y vigor pudieran encontrarse aquellos que nos dominan, probabilidad nada desdeñable ya que todo apuntaba a que siempre quisieron vernos juntos (por razones que ignoro) a los dos.

Cuando el despertador sonó, Keara se encontraba junto a mí en el escaso lecho (era una cama individual) y me alegré de que ella fuera alguien real y no un mero fruto de mi torturada imaginación. La alegría florecía en mi ánimo pero este se enfrío porque ambos tuvimos que hacer algo muy prosaico: acudir a cumplir con nuestras obligaciones laborales. Por tanto ella marchó al café y yo al archivo al que fui caminando.

Al pasar delante de un quiosco vi la portada de un periódico en la que se sostenía que a Rusia solo le quedaban tres meses de munición en su guerra contra Ucrania. Solo habían transcurrido dos meses largos desde el inicio del conflicto y ya tenían próximo un colapso de existencias.

«Es mentira», concluí de inmediato. Durante una pequeña eternidad creí que mi criterio sobre la portada se debía a alguna implementación externa pero enseguida cambié de opinión: mi rápida deducción se debía al comportamiento ordinario de un cerebro humano. No era lógico que un estado grande como Rusia se quedase tan pronto sin material. Tampoco tenía sentido que Putin hubiese metido al país en un conflicto bélico en esas condiciones.

Me tranquilizó saber que podía razonar por mí mismo. No obstante, entendí que era inútil permanecer en alerta todo el día en relación con este tema. A partir de ese momento decidí que todas las intuiciones, juicios y silogismos fluirían por mi mente como si fueran producto de mi libre albedrío; de lo contrario me volvería loco.

Seguí caminando con paso distraído y mis reflexiones tomaron como objeto a mi ex y a mi hermano Lolo. A los dos les gustaría saber que el súcubo de ébano existe de verdad. Yo necesitaba que mi mundo anterior a Keara se enlazara con ella para construir mi presente y mi futuro de manera satisfactoria. Mi optimismo al respecto era grande y yo estaba convencido de que así sería y que la dulce Keara sería aceptada por todos, incluida Sory. Igualmente tuve la seguridad de que mi hija tendría dos hermanitos mulatos (niña y niña) y que los querría mucho. Seguí andando felizmente hasta que me paré en un semáforo en rojo y, al tiempo que veía a los vehículos pasar, una arbitraria idea cruzó por el interior de mis vísceras cerebrales: no le había preguntado Keara el motivo de su nombre. Se lo preguntaría en cuanto la viese, pues me tenía intrigado por qué una mujer canadiense y negra tenía un nombre gaélico.

En ese momento recibí un mensaje en el teléfono móvil.

Cogí el terminal y vi que se trataba de un WhatsApp remitido por Keara. El mensaje decía lo siguiente:

> «En Canadá hay Kearas. No es habitual pero hay algunas. Mi padre tenía una profesora cuando era niño que se llamaba así y mi madre una prima. Les gustó. No tengas prejuicios».

El mensaje no pudo ser más oportuno y en este momento está siendo objeto de risas a mi costa debido a mi ignorancia prejuiciosa. Debe saber al lector que ahora estoy en casa de mi exmujer y que además de ella, se encuentran conmigo Lolo, Soraya y Keara. Todo marcha bien y afortunadamente, José Luis, el novio de Jimena (mi ex) no ha podido venir. Este sentimiento de alivio por su ausencia me hace pensar que aún no he superado el divorcio. Con todo, debe quedar claro que estoy muy enamorado de Keara aunque desgraciadamente esto no sea un obstáculo para que aún continue siendo algo mezquino y posesivo con Jime. Espero que me ayuden a dejar de serlo aquellos que nos dominan. Mejor dicho: aquellos que nos condicionan y manejan (últimamente soy algo más optimista).

ÍNDICE